Der Schwan ist tot

Peter Brand

Die Deutsche Nationale Bibliothek verzeichnet diese Publikation in der
Deutschen Nationalbibliografie;
detaillierte Daten sind im Internet über http://dnb.d-nb.de abrufbar.

Titelfotos:
(c) FUGE Freiburg – Fotolia.com (Silhouette Rosenheim)
(c) eneng – Fotolia.com (Schwan)
Buchinneres:
(c) Markus Marb – Fotolia.com (Ahornblatt)

Titelgestaltung: (c) Martina Sevecke-Pohlen

Wieken-Verlag Martina Sevecke-Pohlen
Fenderstr. 1, 26817 Rhauderfehn
kontakt@sevecke-pohlen.de

ISBN für alle Formate
978-3-943621-28-0
Create Space 978-3-943621-23-5
mobi 978-3-943621-24-2
epub 978-3-943621-25-9

Für Dich. Du weißt schon ...

Dies ist eine fiktive Geschichte. Alle Figuren, Beziehungen und Zusammenhänge sind frei erfunden. Jede Ähnlichkeit wäre zufällig, und hat keinen Bezug zu lebenden oder toten Personen.

„Zeit ist eine große Lehrerin. Schade nur, dass sie ihre Schüler umbringt." (Curt Goetz, Schauspieler und Schriftsteller)

INHALT

Er wachte auf. Der Geruch von frischer Bettwäsche irritierte ihn. Aus durchsichtigen Schläuchen tropften Flüssigkeiten in seine Adern. Augenscheinlich war er in einem Krankenhaus. Er drehte sich auf die Seite. Die Infusionsnadeln pieksten unter der Haut.

Wenn das hier seine Endstation bedeutete, fragte er sich, liefen die Jahre dann wirklich wie ein Film vor einem ab? Das Auf und Ab in seinem Leben hatte ihm noch nie Angst gemacht. Doch nur die Bilder seines letzten Schuljahrs besetzten sein Gehirn. Unerlaubt, aber lebendig und aufdringlich, als wollten ihm sogar die Erinnerungen Qualen zufügen. Er wusste warum. Ergeben murmelte er vor sich hin: Der Herr ist mein Hirte – mir wird nichts mangeln – er weidet mich auf grüner Au …

Mit schläfrigen Augen beobachtete er, wie die Tür zum Zimmer behutsam aufging. Zwei schwarz verschleierte Gestalten betraten den Raum. In welchem verfluchten Land war er? Jemand beugte sich über ihn. Ein Augenpaar sah ihn für Momente an. Liebevoll? Nur, es ergab keinen Sinn. Wieder stachen ihn die Nadeln. Tief unter die Haut. Der Schmerz kam heftig – die grausame Erkenntnis brannte schlimmer als der Schmerz: keine dünnen Nadeln bohrten sich in sein Fleisch – Dolche!
Nacht.

1. KAPITEL

Dienstag, 9. Oktober. Nördlicher Landkreis. Herbstruhe.

DIE NEBELSUPPE auf der Fahrt von Rosenheim nach Griesstätt zerrte an Michaels Geduldsfaden. Wenn er schon seine Tante aus der Klinik abholen musste, hätte wenigstens das Wetter mitspielen können. Welch ausgedehnte Autoschlange seinem Smart im Nacken saß, konnte er sichtbedingt nur ahnen. Erst auf der Anhöhe kurz vor Griesstätt stach die Sonne durch. Sofort zogen ein paar ganz Eilige an ihm vorbei.

„Das hätten die jetzt auch noch abwarten können", grantelte er und bog rechts ab zur Klinik.

Tante Berti erwartete Michael in der Vorhalle. Sie hatte eine Ellbogen-OP hinter sich. Die Schwester seiner verstorbenen Mutter wirkte durch ihre gebückte Haltung erstaunlich klein. Ihre ähnlichen Gene aber waren nicht zu übersehen: Michaels einzig verbliebene Verwandte besaß die gleichen warmen, braunen Augen wie ihr Neffe.

„Grüß dich, Tante Berti, bist schon ferti'?", reimte er.

„*Schon* ist gut!", tadelte sie ihn, „ausgemacht war eine Stund' früher."

Michael verkniff sich eine Ausrede. Nach dem Nebel hatte er mit der Parkplatzsuche gekämpft, weil Krankenwagen und beachtlich viele Polizeiautos die Zufahrten verstellt hatten.

Tante Berti war nicht wirklich eingeschnappt.

„Ist aber nicht schlimm, weil: da hast jetzt ein bisserl was versäumt wegen deiner Verspätung."

Vor kurzem hatte sie erfahren, was der Michi Warthens neuerdings beruflich so trieb. Ganz glaubte sie noch nicht daran, er würde seine Selbstständigkeit wirklich durchziehen. „Privatdetektiv – so ein Schmarren. Die gibt's doch bloß im Fernsehen", war ihr einziger Kommentar dazu gewesen. Aber jetzt...

„Michi, also echt, da war grad ein Trubel wegen einem Patienten." Sie senkte ihre Stimme und zischelte ihm dezent zu: „Ich glaub', wegen einem *ermordeten* Patienten!"

Grundsätzlich glaubte Michael, seine Tante sei in ihrem Alter schon noch bei Verstand. Jetzt fragte er sich, ob sie nur eine blühende Fantasie oder erste Anzeichen von Demenz zeigte.

„Ist schon recht", wiegelte er ab, „hast eigentlich schon ausgecheckt?"

„Was denkst denn du? Wegen dem Aufruhr haben die doch keine Zeit gehabt. Aber ich kriege alles nachgeschickt."

„Ins Heim?"

Tante Berti wohnte seit ein paar Jahren in einem kleinen Apartment im Margaretenhof. Michael hatte oft mit ihr über das doch teure „Betreute Wohnen" gesprochen. Er hätte sich freilich um sie gekümmert, wenn sie ihn gebraucht hätte – und das ohne Hintergedanken. Zu erben gab's bei Berti sowieso nichts. Ein Zuschuss für Michi, wenn sein Konto mal wieder leer war wie der Stadtbach bei der Auskehr, war aber durchaus drin.

„Stell dir vor, noch dazu schicken sie es mit der Post!", frotzelte sie. „Durch's Telefon geht's nämlich nicht."

Michael trat von einem Bein aufs andere.

„Also, was ist jetzt?"

„Jetzt wart halt mal!"

Berti schielte zu den drei Herren, die soeben über die Treppe vom ersten Stock in die Vorhalle herabstiegen. Alle drei kamen Michael bekannt vor, und einer von ihnen ganz besonders:

„Gerald?"

Der smarte Typ in weißem Arztkittel schaute überrascht, bis ihm klar wurde, wer ihn da mit Vornamen angesprochen hatte.

„Mike?"

Michael verzog sein Gesicht zu einer Grimasse. *Mike* hatten ihn seine Schul- und Fußballfreunde genannt. Er nickte.

„Sag bloß, du bist Arzt geworden?"

Gerald wimmelte ihn sanft ab.

„Du, könnten wir später... Wir haben ein Problem hier."

Das sah Michael selbst. Geralds Begleitung bestand aus Kriminalhauptkommissar Obermeier, einem rotgesichtigen, schwammigen und pensionsreifen Beamten, und Piet Maurer. Piet hatte einige Jahre die Schulbank mit Michael gedrückt und war demnach im selben Alter – um die Fünfzig. Während seiner Karriere als Polizeibeamter war er extrem schlank geblieben, genau gesagt, dürr wie eine Zaunlatte. Er hatte seinen ehemaligen Mitschüler sicher ebenfalls erkannt und in die richtige Schublade gesteckt.

Mit todernsten Mienen tauschten die drei Herren ein paar Worte in der Nähe des Haupteingangs der Klinik. Die

Verabschiedung zwischen Gerald und den beiden Kriminalern markierte augenscheinlich das vorläufige Ende eines turbulenten Vormittags.

„Fahren wir?", Tante Bertis Frage klang eher nach Befürchtung als nach Drängelei.

„Ja, gleich." Michael hätte auch „irgendwann" sagen können. Durch die gläserne Ausgangstür beobachtete er, wie draußen die Einsatzwagen das Klinikgelände verließen. Flatterbänder, die er vorhin für eine Art Baustellenabsperrung gehalten hatte, wurden wieder eingerollt.

Tante Berti seufzte gekünstelt und setzte sich wieder auf eine der Wartebänke.

Michael winkte Gerald zu. Seinen ehemaligen Fußballkumpel musste er unbedingt sprechen.

Gerald gab ihm die Hand. Sein gestärkter Arztkittel knisterte dabei wie elektrisch geladen.

„Mike! Du hast mich tatsächlich noch erkannt?"

„Freilich. Seit wann bist du denn in den Miller'schen Kliniken?"

Gerald spitzte seine, von einem Dreitagebart gesäumten Lippen.

„Oh. Eigentlich schon immer, trotz des Skandals durch meinen Vater und Dr. Jockl. Ich habe meine Professur gemacht, geheiratet und den Namen meiner Frau angenommen, damit's nicht so auffällt. Meinem Schwiegervater gehören die Mehrheitsanteile der Klinik – meiner Frau übrigens auch –, und ich darf sie leiten."

Michael grinste amüsiert.

„Die Klinik natürlich", verbesserte sich Gerald, „und ausschließlich die Chirurgie. Für das Kaufmännische ist Gott sei Dank ein anderer zuständig."

Die bis vor einigen Jahren der Öffentlichkeit weniger

bekannte psychiatrische Abteilung des Krankenhauses hatte einst zweifelhafte Berühmtheit erlangt, als sich ein hoher Politiker dort behandeln lassen musste und die Presse durch Indiskretionen Wind davon bekommen hatte. Der Mann kam politisch nicht mehr auf die Beine, da öffentlich an seiner psychischen Stabilität und Zuverlässigkeit gezweifelt wurde. Der Leiter der Klinik, Geralds Vater Professor Partenberg, und ein weiterer Arzt mussten ebenso abdanken wie ihr berühmter Patient.

Partenberg hatte seinen Fehler zunächst vehement bestritten, dann nach und nach zugegeben, und schließlich eingestehen müssen, selbst die undichte Stelle zu sein.

Michael war mit Gerald, dem Sohn jenes Professors, befreundet. Der Akademikersprössling war zwar nie mit Michael auf derselben Schule – er besuchte ein Gymnasium im Landkreis – spielte aber mit ihm zusammen im selben Fußballverein. Oft lud Gerald ihn und ein paar andere aus der Elf zu sich nach Hause in den Partykeller. Die Villa des Professors war so groß, dass die laute Musik aus dem Keller im Westflügel nicht bis zum Ostflügel vordrang, wo das Professorenehepaar seine vermutlich verdiente Nachtruhe suchte. Michael hatte das Gefühl, dass ihnen sowieso egal war, was ihr Junior in seiner Freizeit trieb, wenn er nur einigermaßen gute Noten vorzeigte.

Geldprobleme spielten in Geralds Familie nie eine Rolle – bis zu jenem fatalen Fehlschlag mit der Presse. Michael konnte gut verstehen, warum Gerald den Namen seiner Frau angenommen hatte.

„Klar – oder besser, eigentlich nicht klar, Professor Miller!“

Gerald lehnte sich gegen die Empfangstheke und atmete hörbar aus.

„*Miller*. Genau. Was führt dich denn hierher? Hast du Angehörige hier – kann ich was für dich tun?"

Michael stellte ihm seine Tante vor und fragte sie, ob es ihr was ausmache, wenn er und Gerald in die Cafeteria verschwinden würden.

Tante Berti zeigte sich entzückt, dass ihr Neffe solch eine berühmte, fesche Kapazität kannte und sogar duzte. Sie strahlte, als bliebe sie am liebsten noch vier Wochen.

„Ich wart' schon noch."

Am Tisch in der Cafeteria überzeugte sich Michael noch einmal davon, dass er den Professor nicht nervte.

„Ich denke, du hast nicht viel Zeit, oder?"

„Doch! Ich warte sowieso auf Sara, meine Frau. Sie ist gebürtige Amerikanerin und pünktlich wie eine stehen gebliebene Uhr. Bis gerade eben war ganz schön was los hier, aber jetzt hab ich Zeit. Für dich sowieso, Mensch!" Gerald beugte sich vor und legte Michael kumpelhaft seine Hand auf die Schulter. „Wo warst du die letzten Jahre? Was machst du so? Erzähl!"

„Ich ermittle in – sagen wir: *Fällen*."

„Auch Polizist? O-kaaay."

Gerald zog das *Okay* in die Länge wie Kaugummi, als glaubte er nicht ganz daran.

„Privater Ermittler", präzisierte Michael, „kein staatlich finanzierter."

Vielleicht gefiel Gerald das besser. Er nickte anerkennend.

„Und was ermittelst du?"

„Dies und das. Was man so allgemein als Schnüffler zu erledigen hat. Private Aufträge."

Dass er bis jetzt außer einem Kaufhausdieb niemanden gestellt hatte, musste Gerald ja nicht erfahren. Vor ein paar Tagen hatte er allerdings einen Brief von einer gewissen Claudia erhalten, die ihm ein fürstliches Honorar versprach, wenn er einen alten Schulfreund wiederfinden würde.

„Apropos Auftrag. Ich weiß nicht, inwieweit du dich an einen gewissen Arno Ellers erinnern kannst. Er hat einmal eine Zeit lang mit unserer Mannschaft trainiert, hat Fußball aber dann sein lassen. So ein Weißblonder war das, wie ein Albino, aber ganz finstere Augen hat er gehabt."

Gerald richtete sich ruckartig auf, als hätte ihn der Name erschreckt. Er schaute ernst und fuhr sich mit der Zunge über die trockenen Lippen.

„Ich – erinnere mich. Ja."

„Tatsächlich?"

Arnos markantes Aussehen hatte sich bestimmt bei einigen eingeprägt. Dessen Ausflug in die Fußballwelt hatte allerdings nur ein paar Monate gedauert.

„Diese Claudia, an die ich mich nur dunkel erinnere, hat den Arno angeblich aus den Augen verloren, was mich nicht wundert, denn: er ist tatsächlich wie vom Erdboden verschluckt. Ich hab ihn schon gegoogelt und so... aber nix. Und ein Foto vom Abitur, ja das hab ich nicht mehr." Michael verriet nur ungern, warum er kein Foto von der Abiturklasse besaß. Er lenkte das Gespräch lieber in eine andere Bahn:

„Übrigens – was war denn hier los? Überall Polizei, und meine Tante hat was von Mord gemunkelt."

Er hatte das schlicht nicht ernst genommen. Und die Polizei? Wahrscheinlich hatten sich Diebe in größerem Stil über die Wertsachen von Patienten hergemacht. Gerald wand sich unwohl auf dem ohnehin unbequemen Bistrostuhl.

„Hör zu, wenn deine Tante das schon ahnt, werden andere ebenso eins und eins zusammenzählen. Einen weiteren Skandal können wir uns aber ganz sicher nicht leisten. Also belassen wir es bei einem Gerücht, okay? Merkwürdig ist nur, dass du jetzt auch von diesem...", er machte eine Pause, als sei ihm der Name entfallen, „... Arno Ellers anfängst."

„Auch?"

„Dein Schulfreund ist erst gestern hier eingeliefert worden, und heute früh – behalt das aber bloß für dich – wurde er tot in seinem Bett gefunden."

Michael schluckte die Nachricht widerwillig wie einen Löffel Lebertran. Er bemühte sich, Fassung zu wahren und spielte seine Überraschung herunter:

„Ist doch kein Beinbruch. Oder ist in deiner Klinik noch nie jemand gestorben?"

„Nicht so."

„Hey, ich hab den Job, den Arno zu suchen – gehabt. Also hab ich das Recht zu erfahren, was los ist!"

Nervös fuhr Gerald mit Daumen und Zeigefinger über seinen Bart. Nach all der Aufregung fand er sogar seinen Dialekt wieder.

„Umbracht hat'n wer!" Verschwörerisch flüsterte er Michael zu: „In seinem Zimmer auf der Station. Schlimm zug'richt – aber sag' ja nix, zu irgendwem auch immer – unter uns, weil wir zwei ihn gekannt haben, Mike: das war Wut. Eine Scheißwuat!"

2. KAPITEL

AUF DEM RÜCKWEG nach Rosenheim sagte Michael kein Wort. Tante Berti wusste, wenn Michi seine Brauen derart in Richtung Erdmittelpunkt zog, war es besser, ihn nicht anzusprechen. Außerdem fühlte sie sich trotz ihrer kleinen Statur beengt in dem Kleinwagen, was auch an der Gepäckmenge hinter ihrem Rücken liegen konnte.

Michael schaute stur geradeaus. Der Nebel hatte sich zum Inn hinunter verzogen. Der Fluss dampfte, als würde er kochen. Nur in den Senken standen noch vereinzelte Dunstschleier über den Wiesen. Um den heißen Brei wollte er gar nicht lange herumdenken: Er war einfach nur saumäßig grantig. Endlich hatte er einen vernünftigen Auftrag mit anständiger Honoraraussicht, und dann wurde ihm das Objekt seiner Suche vor der Nase weggemordet. Erstochen im Krankenzimmer. Das hatte nur in einem Einzelzimmer passieren können, dachte er bissig, und er nahm sich vor, wenn es mal so weit sein sollte, darauf zu achten, minimal in ein Zweibettzimmer verfrachtet zu werden.

Nun also musste er Claudia die Nachricht vom Ableben ihres Gesuchten berichten. Er ahnte, dass er nur einen Teil des vereinbarten Honorars dafür erhalten würde. Der würde zwar immer noch ganz ordentlich ausfallen, trotzdem fragte er sich, wieso eine Schulfreundin nach Jahrzehnten ausgerechnet dann jemand sucht, wenn der kurz darauf ermordet wird. Freilich, er sollte damit zur Polizei gehen – falls Gerald den Kommissaren diesen Zufall nicht gleich brühwarm steckte. Er musste nachdenken. Denn irgendwas stimmte mit dieser Claudia nicht, an die er sich nur recht unscharf erinnerte. Das Gefühl, dass Arnos gewaltsamer Tod mit ihrer Suche nach ihm in Zusammenhang stand, brachte seinen Verstand zum Sieden. So konnte er einfach nicht Auto fahren.

Auf Höhe des Hofstätter Sees bog er links ab und blieb am Waldrand stehen.

„Ich bin gleich wieder da!", beruhigte er seine Tante und tat so, als müsse er nur schnell an einen der Bäume pinkeln.

Auf der Jagd nach einem geeigneten Platz, den man von der Straße aus nicht sehen konnte, trat er auf ein paar abgestorbene Äste. Vom Regen der vergangenen Tage waren sie so nass, dass sie nicht mal knackten. Michaels Segeltuchschuhe saugten die Feuchtigkeit des Waldbodens auf wie ein Schwamm. Schließlich setzte er sich auf einen der zahlreichen, leicht glitschigen Baumstümpfe. Er stützte sein Gesicht in beide Hände.

Hier roch es nach Moos und so pilzig, dass es ihn an seine Kindheit erinnerte, als er mit seinem Opa oft zum Schwammerlsuchen gegangen war. Er atmete die frische, taufeuchte Luft tief ein und aus, um einen klaren Kopf zu bekommen. Was war in den letzten Tagen passiert, seit er Claudias Brief mit dem Auftrag, Arno zu finden, erhalten hatte?

Claudia, die sich ihm gegenüber nur mit ihrem Vornamen zu erkennen gegeben hatte, sei ihren Angaben zufolge durch seinen Werbeslogan unter „Verschiedenes" in der

Lokalpresse auf ihn aufmerksam geworden. Sie habe sich an ihre Schulzeit erinnert, und da sie angeblich seit Jahren erfolglos nach Arno Ellers gesucht habe, sei es ihr ein Bedürfnis gewesen, einen ehemaligen Schulfreund mit der Suche zu beauftragen. Sie wollte allerdings keinen persönlichen oder telefonischen Kontakt. Die Korrespondenz sollte ausschließlich über ihre Postfachadresse abgewickelt werden.

Als Erfolgshonorar stellte sie ihm beeindruckende 10.000 Euro plus Spesen in Aussicht, eine hübsche Summe, die Michael von Grund auf saniert hätte. Vermutlich würde sie über die Todesnachricht nicht erfreut sein, obwohl sie ja doch mit solch einer Möglichkeit hatte rechnen müssen, wenn sie selbst Arno schon nicht aufgespürt hatte. Warum sie ihn so dringend finden musste, hatte sie freilich nicht erwähnt.

Michael entlaubte mit seinen Fingern den Strang eines Farns, der am Baumstumpf unter ihm wuchs. Was er zu tun hatte, war klar: Als Nächstes musste er Claudia Bescheid geben. Viel mehr interessierte ihn dagegen – bevor er vielleicht doch noch die Polizei über Claudias Anliegen informierte –, wo Arno vor seiner Einlieferung in die Miller'sche Klinik gewesen war, warum er so schwer zu finden war, und vor allem, wieso jemand so einen Hass auf ihn hatte, dass er gewaltsam sterben musste. Es konnte nur jemand sein, der Arnos Aufenthaltsort erfahren hatte, Claudia also ausgeschlossen.

Der Fall gespensterte so undurchsichtig und unfassbar in seinem Kopf wie die Mücken, die sich immer zahlreicher seiner annahmen. Fluchtartig verließ er den Sitzplatz, um doch noch seine Blase zu entleeren. Zu lange war er auf dem feuchtkalten Baumstumpf gesessen. Mäßig erleichtert nahm er sich vor, in seiner und damit Claudias und Arnos Vergangenheit zu forschen. Auch wenn er dafür kein Honorar erwarten konnte.

Große Pause

Auf dem Pausenhof achten Lehrkräfte darauf, dass die Schüler nicht rauchen oder sonst wie Blödsinn anstellen. Für morgen steht der große Tag der Abiturfeier an. Die unteren Klassen haben noch Schulaufgaben zu schreiben, aber die „Dreizehnten" sind bereits in Ferienstimmung.

Herr Hofner – der einzige Studienrat am Gymnasium, der Mitglied in einem Trachtenverein ist und sich traut, das vor seinen Schülern zu zeigen – trägt anlässlich der sommerlichen Hitze eine kurze Lederhose. Die Mode treibt dagegen bunte Blüten. In Lederhosen steigt man nicht mal zum Rosenheimer Herbstfest, außer die Trachtler beim Wies'neinzug, und die Mädels werfen sich mit Ausnahme von ein paar ganz Eisernen in keine Dirndlg'wänder. Trotzdem lacht keiner über Hofner. Er trägt einen schwarzen Schnauzer, wie der siebenfache Weltrekordschwimmer Mark Spitz 1972 in München, und er sieht ihm sogar ähnlich. Inklusive Koteletten. Hofner ist eine volkstümliche Lehrkraft, der die Schüler mit Respekt begegnen.

Eine Schülerin drückt sich in seiner Nähe herum. Sie hat Turnschuhe an und eine viel zu warme Latzhose. Ihr Haarlook, kurze, brave Zöpfchen, hat mit den angesagten Frisuren wenig zu tun, abenteuerlich aufgedrehte Föhnwellen oder „Ponys" bis zu den Brauen. Die Girls von „ABBA" geben stilistisch, nicht nur musikalisch, den Ton an. Nur wenige Mädchen trauen sich, auch an den Rosenheimer Schulen bereits mit Punk-Bürste den Lehrern – und ihren Eltern – unter die Augen zu treten. Gegensätzlicher kann der Kontrast von Studienrat Hofner und der kindlich gekleideten Schülerin zu ihren Zeitgenossen nicht sein. Trotzdem fallen beide kaum auf – Hofner, weil man sein Outfit gewohnt, und das Mädchen, weil sie es ihren Mitschülern nicht wert ist, sich über sie lustig zu machen oder gar aufzuregen. Sie stamme aus einer geheimnisvoll reichen Familie, munkelt man. Jetzt, nachdem sie ihr Abitur hinter sich gebracht hat, macht sie den Eindruck, als wolle sie am liebsten sofort von hier abhauen. Wenn da nicht dieser hübsche junge Kerl wäre.

Hofner hat gerade Arno angesprochen, einen auffällig weißblonden Schüler, der mit seiner fast bartlosen, zarten Haut recht weibisch wirkt, sich aber ganz und gar männlich gibt. Ungeniert nimmt er einen Schluck aus einer Whiskyflasche, reicht sie Piet, der Sportskanone der Schule, und der gibt die Flasche weiter an Heino, Sohn eines begüterten Kaufhausbesitzers.

Hofner staucht die drei zusammen, und Arno diskutiert danach lautstark mit ihm über Volljährigkeit, und was ihm eh schon alles egal sei, jetzt, kurz vor der Abifeier. Und überhaupt: diese ständige Beobachtung sei so was wie der „Big Brother". (Es geht auf das Jahr 1980 zu, der Roman „1984" von George Orwell lässt nicht nur Schüler über Überwachungsstaaten diskutieren.)

Hofner schmunzelt nur wegen der „Halbstarken". Er nimmt ihnen die Flasche ab, schraubt sie zu und steckt sie seelenruhig in die weite Lederhosentasche, dass nur noch der Flaschenhals herausragt. Er will die drei bloß davor bewahren, von der Feier ausgeschlossen zu werden, sagt er ungerührt:

„Dei' Papa wird sich fei freuen, was meinst, Heino? Zum Schluss noch ein Verweis wegen Alkoholmissbrauch auf'm Schulgelände?"

Schnaubend schlendern die drei auf ihren gerade noch modernen Plateausohlen und in schlabbernden Schlaghosen zurück zum Eingangsportal.

Das Mädchen in der Latzhose tut so, als würde sie das Ganze nichts angehen.

3. KAPITEL

Sie nannten ihn *„Schwan"*. Claudia hatte das in ihrem Brief erwähnt. Michael sollte sich dadurch an das ungewöhnliche Aussehen des weißblonden Jungen mit dem dünnen Hals erinnern. Das Bild von Arno, dem *Schwan*, hatte sich tatsächlich wieder vor seinen Augen aufgetan. Ein schlanker Kerl war das, mit tief liegenden, dunklen Augen und solch femininen Zügen, dass ihn die Burschen oft mit den Titeln „Schwuchtel" oder „Mädel" belegten, hinter vorgehaltener Hand nur, denn irgendwie hatten auch alle einen Heidenrespekt vor ihm. Niemand wusste, was passieren würde, wenn sie ihn beleidigten – damals, vor über dreißig Jahren.

Michael lieferte seine Tante im Margaretenhof ab und schleppte ihre Sachen nach oben. Sie trug jetzt keine Schlinge mehr am Arm, nur noch einen Verband.

„Es geht schon!", murrte sie. So klein sie war, und so gebrechlich sie manchmal wirkte, genauso resolut wehrte sie sich dagegen, als alte, schwächelnde Schachtel durchzugehen.

„Nix zu danken, Tante Berti", überging Michael einfach ihren Protest. „Dafür machst du mir nächste Woch' wieder Schmalznudeln." Die liebte er wie kaum ein anderes Gebäck.

Aus den Augenwinkeln beobachtete er, wie ihr ein Schmunzeln übers Gesicht glitt.

„Sonst noch was!", grummelte sie.

Ein wenig gehetzt schaute er auf die Uhr. Jetzt war es kurz nach elf. Wenn er sich beeilte, schaffte er es noch vor Mittag zum Gymnasium.

„Pfüadi, Tanterl." Die Verniedlichung ließ ihren Blutdruck stets steigen, was ihr nicht schadete.

„Schleich dich – und schau, dass du was rauskriegst wegen der Sach' in Griesstätt."

Sie hatte ihn durchschaut. Manchmal behandelte sie ihn wie den kleinen Jungen, der er vor vierzig Jahren mal war. Gut, er sah nicht wirklich wie fünfzig aus, aber womöglich war dieses Verhalten alter Damen gegenüber ihren jüngeren Verwandten völlig normal. Der Altersunterschied blieb ja immer gleich.

Sein Smart schnurrte. Eine quietschige Frauenstimme aus dem Radio warnte die Autofahrer vor Blitzern, bevor wieder Oldies dröhnten. Die Musik des Lokalsenders war ihm zwar manchmal ein wenig zu volkstümlich, aber für eine Blitzerwarnung war er immer dankbar. *Back to the roots*, dachte er und schlug den Weg zum Gymnasium ein.

Rosenheim hatte sich heftig verändert in den letzten Jahren. Der Verkehr hatte über die Maßen zugenommen, und ständig wurden irgendwelche Straßen aufgerissen oder ausgebaut. Lange Jahre war Michael zu Fuß zur Schule gegangen oder später mit dem Rad zum Gymnasium gefahren. Über eine Kreuzung zu kommen war damals jedenfalls leichter als im Moment. Er brauchte zwanzig Minuten für die Autofahrt vom westlichen Stadtteil in die

Innenstadt. Mit dem Rad waren's früher zehn.

Manche Gebäude an der Straße sahen aus wie versteinerte Spuren aus der Vergangenheit. Seit seiner Kinderzeit hatten sie sich nicht verändert. Andere waren glatt rasierten Fassaden gewichen. Läden waren gekommen und gegangen, Jahrzehnte alte Traditionsfirmen und Familienbetriebe waren plötzlich verschwunden. Die Gebäude standen leer, wurden renoviert und zu Spielhallen oder Ramschläden umfirmiert.

Das Gymnasium kurz vor der Innenstadt sah dagegen aus wie immer, und das seit mehr als hundert Jahren. Ehrwürdig grau, Stuckfassade und Türmchen an der Südseite. Die Isolierfenster waren neueren Datums, und ein provisorischer Anbau mit Flachdach zeugte vom Run auf die höhere Schule. Die Räumlichkeiten platzten aus allen Nähten. Natürlich fand er keinen Parkplatz in der Nähe, schon gar keinen kostenlosen. In einer Seitenstraße zog er zähneknirschend einen Parkschein für zwei Euro aus dem Automaten. Früher konnte man wenigstens noch Parkuhren mit falschen Münzen bescheißen.

Auf dem Schulhof wimmelte es von lärmenden Schülern. Wahrscheinlich war große Pause oder doch schon Mittagsschluss – für alle, denn die Tür zum Sekretariat war abgeschlossen. Michael fand, der Geruch in den Gängen hatte sich kaum gewandelt. Sofort drängten sich ihm typisch schulische Gefühle auf, eine gewisse Unruhe, gepaart mit ein wenig schlechtem Gewissen, als hätte er seine Hausaufgaben nicht gemacht – aber er war gerade dabei.

Eine hektisch wirkende, nicht mehr ganz junge Frau tippelte auf Stilettos den Gang entlang. In der einen Hand hielt sie einen großen Pappbecher, mit der anderen schleppte sie einen offensichtlich schweren Aktenordner. Michael war gespannt auf ihren Versuch, so das Sekretariat aufzusperren. Im letzten Moment bemerkte sie Michael und lächelte ihn spontan an.

„Wollen Sie zu mir?" Auf ihrem Namenschild am Revers stand schlicht und einfach *Müller*.

„Wenn Sie die rechte Hand vom Direktor sind, ja!"

Sie verbesserte ihn: „Von der Direktor*in*, wenn schon. Frau Dr. Messert. Apropos rechte Hand. Könnten Sie, bitte..."

Sie verrenkte ihre breiten Hüften und reckte den Arm mit dem Kaffeebecher in die Höhe.

„Der Schlüssel. In der Jackentasche."

Michael griff in die winzige Tasche ihres Hosenanzugs. Er spürte ein paar Krümel, wollte lieber nicht wissen, von was, und fand den einzelnen Schlüssel.

„Bitte nach Ihnen."

Nachdem beide Platz am Schreibtisch genommen hatten, nippte die Frau mit den etwas zu jugendlich langen Haaren an ihrem Kaffee.

„Vom Kiosk – erstklassig", schwärmte sie, „unsere Maschine hier liefert nur schwarze Tinte. Wie kann ich helfen? Ist es wegen Ihres Sohns oder Ihrer Tochter?"

Das Alter war also geklärt.

„Ich heiße Michael Warthens, ich bin ein ehemaliger Schüler und suche einen Klassenkameraden." Entzückt wiederholte Frau Müller das Wort:

„*Klassenkamerad*! Den Ausdruck hab ich schon ewig nicht mehr gehört. Wen denn?"

Michael gab ihr die zwei Informationen, die er hatte, Name und Jahrgang. Sie traktierte Tastatur und Maus.

„Arno Ellers...", wiederholte sie ein paar Mal. Angestrengt schaute sie in den Bildschirm. „Ah – da ist er. Hat's Abitur bestanden. Sonst noch was?"

„Das ist ja hoffentlich nicht alles?"

„Doch schon. Ich kann Ihnen schließlich keine *näheren* Auskünfte über ehemalige Schüler geben. Schon mal was von Datenschutz gehört?"

„Klar." Michael hätte es wissen müssen.

Frau Müller lächelte und strich mit dem Finger eine sichtlich schwarz gefärbte, widerborstige Strähne hinters Ohr. Sie klärte ihn auf:

„Die Information hätten Sie aber auch aus dem Internet holen können. Ist alles eingepflegt."

Das hatte Michael stundenlang versucht, hatte aber auch nicht viel mehr herausbekommen. Er hakte nach:

„Hat er sich nach dem Abi nicht noch einmal gemeldet? Oder gab's Klassentreffen, von denen ich nix weiß, das heißt, außer dem von vor zehn Jahren? Oder Zusammenkünfte mit ehemaligen Lehrern?"

„Bitte? Woher soll ich das wissen?"

„Ein paar Lehrer von damals sind ja wohl noch aktuell im Einsatz, oder?"

„Wohl weniger, wenn Ihr Jahrgang stimmt. An wen dachten Sie denn?"

„Herr Hofner zum Beispiel. Johann Hofner." Der Kreidewerfer war damals noch nicht allzu alt gewesen.

Frau Müller triumphierte.

„Daneben. Der ist seit einigen Jahren in Pension."

„Haben S' noch seine Telefonnummer?"

„Ja, aber ich gebe sie Ihnen nicht."

Genervt atmete Michael durch. Frau Müller schien das zu amüsieren.

„Die steht aber im Telefonbuch! Also, Detektiv dürften Sie nicht werden."

Vielleicht hatte sie Recht. Er verabschiedete sich knapp. Er hatte schon die Türklinke in der Hand, da drehte er sich noch mal zu ihr um.

„Wie ist'n das eigentlich, wenn auf einmal ein wildfremder Mann in einer Schule auftaucht und im Flur vorm Sekretariat rumlungert? Werden Sie da nicht misstrauisch? Schon mal was von Amokläufern gehört?"

Fast verlor Frau Müller den letzten Kaffeeschluck aus ihrem gestrengen Gesicht.

„Muss ich Alarm schlagen?"

„Schmarren. Wiederschau'n."

4. KAPITEL

NACHDENKLICH setzte er sich in seinen Smart. Ein wenig Parkzeit war noch übrig, und er verschenkte ungern bezahlte Minuten. Seit seinem unrühmlichen Abgang von dieser Schule hatte er sie nie wieder betreten. Nun war es, als hätte er soeben eine Zeitreise unternommen. Viele Momente und Menschen kamen ihm in den Sinn, purzelten durch Raum und Zeit, so dass er seine Gedanken erst wieder halbwegs ordnen musste. Wichtig war die Abiturklasse, *seine* Klasse. Arno. Claudia.

Wenn sie das Mädchen war, an das er dachte, dann war das eine ausnehmend stille, unscheinbare Person gewesen, nie besonders modisch gekleidet oder durch ihr Wesen irgendwie auffallend, kaum präsent, hatte keinen Freund, und vielleicht auch keine Freundin. Michael kannte kaum jemand in jugendlichem Alter, der so lautlos durchs Leben gegangen war. Vielleicht erinnerte er sich deswegen so wenig an sie. Man erhielt keine Antworten auf Fragen nach dem, was sie machte, was sie interessierte, mochte und nicht mochte – Musik, Filme, Idole – nichts. Irgendwann ließ man es bleiben, sie anzusprechen, und sie war wohl ganz froh darüber. Sie war und blieb die graue Maus der Klasse. Auf privaten Partyeinladungen wurde sie einfach vergessen.

So viele Worte wie in dem Brief an „Mike" hatte sie in

den fünf, sechs Jahren gemeinsamer Schulzeit zusammen-
gezählt nicht herausgebracht. Sie musste es sein, diese
Claudia, die damals tatsächlich Zöpfe trug, und zwar immer, und die bestimmt hübsch sein konnte, wenn sie es
darauf angelegt hätte. Im Gegenteil: sie verhässlichte sich
selbst mit Latzhosen, blass gefärbten Kleidern und gesun-
den Schuhen, auch noch mit achtzehn, neunzehn. Ein
Jammer. Ja, er kannte sie. Ja, er konnte sich an sie erinnern.
Aber nicht an *die* Claudia, die solche Worte schrieb: *Bitte,
nimm das Angebot und den Auftrag an, als alter Kumpel* – der
er sicher nie war.

Reifezeugnis

Die Feier in der Aula am Vormittag, samt Übergabe der Reifezeugnisse, findet wie jedes Jahr in festlichem Rahmen statt. Die jungen Leute haben sich in Schale geworfen, wie sie sonst nie auf die Straße gegangen wären – die meistens davon jedenfalls – und sogar Studienrat Hofner erscheint im formvollendeten Trachtenanzug.

Die Reden sind vorbei, das Schülerorchester spielt ein Stück von Joseph Haydn, und anschließend dürfen die Abiturienten ihre Zeugnisse persönlich aus der Hand des Direktors entgegennehmen. Alphabetisch. Manche der jungen Frauen tragen Hosenanzüge mit Schlag und Stiefeletten mit dicken Blockabsätzen. Die angehenden jungen Herren bemühen sich, in ihren neuen, unter den Achseln viel zu engen Polyesterhemden nicht zu arg zu schwitzen.

Beim Buchstaben „O" geht leises Raunen durch ein paar Reihen – durch die der Schüler der oberen Klassen. Wer ist die junge Frau, die in einem fliederfarbenen, langen Kleid, das an einen indischen Sari erinnert, mit artigem Knicks ihre Urkunde entgegennimmt? Einige kommen drauf. Manche lässt sie einfach nur kalt.

5. KAPITEL

ZU HAUSE versuchte Michael sofort, Studienrat Hofner zu erreichen. Sein Telefonat mit dessen Frau dauerte fast eine halbe Stunde. Der Mann, der seit einem Jahr seine Frühpension genießen sollte, lag mit einem schweren Schlaganfall in der Klinik. Er sei nicht ansprechbar, erklärte Frau Hofner stockend. Aus einem Grund, den Michael anfangs nicht verstand, hakte sie nach, wer er sei. Aha, ein ehemaliger Schüler, ja, und ob er ihren Mann in guter oder schlechter Erinnerung habe. Sie wollte wissen, wie es war mit ihm, als Schüler vor so langer Zeit, als ihr Mann noch einen Schnauzbart trug und er manchmal in Lederhose und Trachtenjacke Unterricht gehalten hatte.

Michael legte anschließend mit dem Gefühl auf, ihr ein wenig in schwerer Zeit geholfen zu haben. Vielleicht hatte sie einfach jemand zum Reden gebraucht, der ihr im Moment nicht ständig Beistand heuchelte, oder nur da war, weil's bald was zu erben gab. Mit Hofner konnte er also nicht sprechen, zumindest nicht in den nächsten Monaten. Aber während er mit dessen Frau telefoniert hatte, waren seine Gedanken erneut erstaunlich intensiv in seine Schulzeit zurückgewandert. Frau Hofner hatte sich natürlich an den bis heute wohl bekanntesten Schüler ihres Mannes erinnert: Heino Zieringer!

Gegen halb sechs fuhr Michael los. Der Klassensprecher hatte schon immer den Hang zum Sammeln gezeigt. Womöglich besaß er noch Fotos und hielt den einen oder anderen Kontakt zu ehemaligen Schülern. Jetzt bereute Michael sein Fernbleiben vom Klassentreffen vor zehn Jahren. Mit seiner Freundin Sabine urlaubte er zu der Zeit an der Ostsee – ein guter Grund jedenfalls, das Treffen zu schwänzen.

Heino Zieringer hatte die Fete organisiert. Der akribische Typ mit Einser-Abitur hatte nicht nur Bestnoten gesammelt, sondern BWL studiert und danach das Kaufhaus seines Vaters übernommen, das Einzige in Familienbesitz in weitem Umkreis, das sich bis heute halten konnte. Er verließ sich auf einen kompetenten Geschäftsführer, weshalb er seinen Einfluss als gewählter Stadtrat wahrnehmen konnte. Bestimmt nicht nur aus Langeweile und weil er das Geld brauchte. Mittlerweile wurde er sogar als möglicher Nachfolger des aktuellen Bürgermeisters gehandelt. Der Händeschüttler hatte sicher was zu erzählen.

Heino wohnte in einem schicken Haus am Stadtrand, auf einem flachen Hügel. Um über die hässlichen Dächer der Untertanen hinweg zu schauen, dachte Michael ein bisschen böse. Die Entscheidungen des Stadtrats und Zieringers Fraktion fanden nicht immer ungeteilte Zustimmung, was ja an sich normal war, nur die verbalen Reaktionen Zieringers auf die Kritiken von Bürgern klangen oft allzu sehr „von oben herab". Er redete wie er wohnte. Oder umgekehrt.

Michael klingelte am Gartentor, bemerkte die Drehbewegung einer Überwachungskamera am Zaun und horchte an der Sprechanlage.

„Wer ist da, bitte?", quäkte es aus dem Gerät.

„Servus Heino!", plärrte Michael so laut, dass er die Anlage nicht zwingend gebraucht hätte. „I bin's, Mike Warthens – du erinnerst dich? Gymnasium, alter Klassenprimus ..." Er winkte lebhaft in die Kamera.

Ein paar Sekunden dauerte es, bis das Tor summte und Michael hindurchschlüpfen konnte. Nach zwanzig Metern über einen laubbedeckten Kiesweg stand er vor der Tür des modernen Wohnwürfels. Heino öffnete überraschend selbst. Irgendwie hatte Michael einen Butler erwartet. Heino grinste gequält erfreut und ein wenig irritiert. „Hallo! Mike?" Seine Stimme war fest, sein Blick suchte etwas in Michaels Gesicht, und er schien es sogar zu finden.

„Was verschafft mir die Ehre?"

„Na ja, ich hab mir denkt, auch wenn's lang her ist, aber zum Klassentreffen vor zehn Jahren hab ich's nicht g'schafft ..."

„Komm rein!"

Heino führte Michael in eine Art Salon. Die Möbel besaßen das Design eines teuren Experten für hässliche Objekte. Sie sahen ziemlich unpraktisch aus. Gediegene Farben und ein Korkboden milderten das Ungemütliche des Raums nur wenig. Im Kamin brannte Feuer, trotzdem war es sehr kühl. Erst auf den zweiten Blick merkte Michael, dass die Flammen nicht echt waren. Teure Möbel, aber beim Heizen sparen, dachte Michael. Laut sagte er:

„Ein bärig's Haus ..."

„Danke. Du hast übrigens Glück, mich anzutreffen. Ich muss gleich zur Stadtratssitzung ..."

„Freilich. Ich mach's kurz. Wie's dir geht, muss ich dich ja nicht fragen." Michael schaute sich grinsend um. „Mir geht's übrigens auch gut, falls du grad fragen wolltest. Relativ natürlich."

„Was brauchst du?"

Die Frage traf Michael unerwartet. Der dachte wohl, er wollte zum Betteln kommen. Ob Heino ihm deshalb keinen Platz in einem der Eiersessel anbot?

„Ich müsste dir ein paar Fragen stellen, weil mich jemand gebeten hat, einen von unseren Mitschülern ausfindig zu machen. Ganz einfach." Dass der seit heute früh tot war, verschwieg er.

„Aha. Und wen?"

„Arno, den alle den *Schwan* g'heißen haben..."

Heino stutzte.

„Der schwule Ellers?", fragte er reflexartig zurück.

„Ob er das war, ist oder auch nicht, spielt im Moment keine Rolle." Michael versuchte, seine Stimme gleichgültig klingen zu lassen. „Ich mein', vielleicht war er vor zehn Jahren auf'm Klassentreffen?"

„Ich müsste nachsehen."

„Hast aber jetzt keine Zeit, oder?"

„Genau. Wenn du mich morgen mal anrufst ..."

Der war gut. Heino war bestimmt jederzeit zu erreichen, haha. Michael probierte es trotzdem:

„Ja, sicher. Gibst mir halt deine Handynummer."

„Wie dringend ist es denn? Und: wer sucht den *Schwan* eigentlich?"

„Mei, ihren Mädchennamen weiß ich nicht mehr. Nur, dass sie Claudia heißt." So hießen viele.

Heino kniff misstrauisch die Augen zusammen. Irgendwas ging vor in ihm. Sein Gesicht verlor massiv an Farbe.

„... und – ach was: ich arbeite als Privatdetektiv, das findest du ja sowieso raus. Also, weißt du, wo sich Arno aufhalten könnte?"

„Ganz sicher nicht. Und wenn du's wirklich wissen willst: er war im Ausland, angeblich da, wo er nach dem Abi studiert hat. In Odessa auf der Krim. Ich konnte ihn damals gar nicht einladen zum Klassentreffen."

„Und weil er – vielleicht – *schwul* ist?"

Beim Wort „schwul" malte Michael mit den Fingern Häkchen in die Luft. Heino wurde einen Tick lauter:

„Weil er – halt nicht da war!"

Michael hörte heraus, schon bald nach dem Abitur könnte Arno in der Versenkung verschwunden sein.

„Habt ihr euch damals unterhalten über ihn?"

„Wärst du halt gekommen – wir waren schon enttäuscht, dass du nicht gekommen bist!"

„Und? Habt ihr?"

„Du wirst lachen, das ist zehn Jahre her. Aber eines kann ich dir versichern: ja, weil wir über die einzigen, die nicht gekommen sind, geredet haben. Wer nicht *mit* einem redet, *über* den wird geredet."

Michael wurde nun doch heiß in seinem Norwegerpulli.

„Arno war nicht da", zählte Heino auf, „du auch nicht, und Claudia Ortosi."

Claudia Ortosi! Claudias Nachname war Michael ständig auf der Zunge gelegen, ohne ihn auszuspucken. Eine Nachfrage nach allen Claudias bei Frau Müller im Sekretariat hatte sich damit erledigt. Er stellte sich teilnahmslos.

„Ach so, die?"

„Das *Phantom*, ja."

So also hatten andere sie wegen ihrer Unscheinbarkeit genannt.

Heino drängelte.

„Ich muss aber jetzt wirklich…“

„Freilich, entschuldige.“

„Vielleicht sehen wir uns mal. Privat, ohne Detektiv zu spielen?“

„Vielleicht.“ Michael hob die Schultern und schaute auf Heinos gewaltigen Bauchumfang. „Dass wir uns drüber unterhalten, wie wir uns verändert haben, gell!“ Er gluckste.

„Nein“, sagte Heino ernst, „weil ich dir dann vielleicht was über Arno erzählen kann.“

Was wusste Heino über den *Schwan*?

„Gibst mir jetzt deine Handynummer? Bittschön.“

„Beruht auf Gegenseitigkeit.“

Michael hoffte sehr, der Polizei gegenüber einen gewissen Vorsprung herausgearbeitet zu haben. Wer sonst als er wusste von Claudias Suche nach Arno? Aktuell nur Heino Zieringer – und Gerald. Wie lange würde es dauern, bis einer der Herren Kommissare in der verdammt lange zurückliegenden Vergangenheit des Opfers herumstochern würde? Hatte der Tod des Schwans überhaupt damit zu tun? Oder lag das Motiv für das Messerattentat ganz woanders?

6. KAPITEL

IN DER DÄMMERUNG flackerten die Lichter der Stadt auf. Eine grandios schöne Aussicht übers Inntal bot sich Michael von Heinos Grundstück aus. Die Stadt lag halbdunkel in ihrem vom eiszeitlichen Gletscher gegrabenen Bett, durch das der Inn sich nun in der Neuzeit nach Norden wälzte. Hinter den Dächern im Süden ruhte wie eine gigantische, unfertige Mauer die schwarze Silhouette der Chiemgauer Berge.

Die Luft wurde empfindlich kalt. Fröstelnd setzte sich Michael in seinen Wagen. Zum ersten Mal sah er den Vollmond von hier oben aufgehen, ganz weit im Osten am Salzburger Horizont. Erschreckend groß und hell erschien er, als sei die Kugel seit gestern der Erde sehr viel näher gekommen. Rasch stieg der Leuchtball in schräger Bahn hinauf zu den ersten Sternen und verlor dabei vermeintlich an Geschwindigkeit und Umfang. Kurz darauf hing er wie gewohnt friedlich über der Stadt und erhellte die Fenster.

Auf dass die Leute schlecht schlafen können, fürchtete Michael, und meinte sich selbst damit. Irgendwo da unten, zwischen den Lichtpunkten, musste Claudia Ortosi sein – oder hinter dem Horizont, weit weg auf einer einsamen Insel. Oder dort oben, auf dem Mond.

Bevor er sich zum Besuch bei Heino überwunden hatte,

war er noch einmal sämtlichen Internetspuren nach-
gegangen, die er über Arno Ellers finden konnte. Die
Suchmaschinen gaben tatsächlich nichts über den *Schwan*
preis, außer dem, was Frau Müller ihm schon verkündet
hatte.

Wind kam auf. Der Mond verschwamm in Dunstwel-
len. Langsam ließ er den Kleinwagen die Straße hinunter
rollen. Er tauchte wieder ein in die Stadt. Vor ihm lag die
kerzengerade Perlenkette der Straßenbeleuchtung. Hier
draußen herrschte um diese Zeit wenig Verkehr, aber ab der
nächsten Kreuzung würde er doch wieder im Stau stehen.

Zwei grelle Strahler tauchten hinter ihm auf und kamen
rasch näher. Jemand fuhr so dicht auf, dass Michael das
Motorvibrieren des anderen Wagens spüren konnte. Wahrscheinlich war es Heino, der ihn nun wie ein Verrückter
überholte, hupte und mit achtzig über die Stadtstraße davon zog.

Muss ja eine brisante Stadtratssitzung werden, schoss es
Michael durch den Kopf. Heinos Autokennzeichen – wenn
er es wirklich war – ließ darauf schließen, dass er ernsthaft
vorhatte, die Nummer eins der Stadt zu werden.

Zurück in seinem möblierten Apartment ließ Michael die
Jalousien nach unten rauschen. Er wusste, es würde nicht
viel helfen. Allein der Gedanke an Vollmond hielt ihn
wach. Und der an Arnos Tod.

Gerald hatte im Rahmen seiner Schweigepflicht so gar
nichts über die näheren Umstände des Mordes und Arnos
Klinikaufenthalt im Allgemeinen verraten. Wer konnte
eine „Scheißwut" auf den plötzlich wieder aufgetauchten
Schwan haben? Und wieso hatte Heino beim Namen Clau-

dia Ortosi und ihrem Anliegen beinahe panisch reagiert? Jetzt war er endgültig davon überzeugt: die Gründe für Arnos Versteckspiel, Claudias verzweifelte Suche nach ihm und Heinos Reaktion auf Michaels Auftrag lagen weit länger zurück, als selbst die Polizei es für möglich hielt. Er brauchte dringend das Klassenfoto, geschossen mehrere Tage nach dem Abiturball.

7. KAPITEL

Mittwoch, 10. Oktober. Sonnig, trotzdem kalt.

DEN BRIEF AN CLAUDIAS Postfachadresse hatte Michael am Computer schnell heruntergetippt und eingetütet.

> Liebe Claudia …(?),
> Arno Ellers verstarb am 09. Oktober in den Miller'schen Kliniken, Griesstätt. Nähere Umstände nicht bekannt. Erbitte Abrechnung und ggf. Kontakt.
> Mit freundlichen Grüßen
> Michael Warthens
> Geprüfter Detektiv
> Stempel/Unterschrift.

Eisern hielt er sich an die Abmachung mit Gerald, nichts über die Todesursache des Schwans zu verraten. Gerald hatte nicht erwähnen müssen, dass er auf Anweisung der Polizei mit niemanden darüber sprechen durfte. Doch nicht mal die ärztliche Pflicht zu schweigen hatte den Herrn Professor davon abgehalten, Michael die Art von Arnos Abgang zu verraten. Selbst einen wohl abgebrühten Professor der Chirurgie hatte der vermutlich grausige

Anblick seines toten früheren Fußballkumpels nicht kaltgelassen, und Michael war der erstbeste, ihm altbekannte Mensch, bei dem er seine Anspannung hatte loswerden können.

Claudia durfte also nicht wissen, wie ihr Gesuchter gestorben war. Michael klebte eine Marke auf den Brief und warf ihn im Briefkasten unten an der Kreuzung ein – er schätzte das Glück, nicht kilometerweit zur nächsten Postagentur rennen zu müssen – trabte die paar Meter zurück und fuhr mit dem Lift in den dritten Stock. Einige Tage konnte es nun dauern, bis er Antwort bekam. Er hoffte auf einen Scheck, in welcher Höhe auch immer. Sich mal wieder was von Tante Berti leihen zu müssen, scheute er wie der Teufel das Weihwasser – sie stellte jedes Mal Bedingungen.

Noch war es nicht soweit. Er klickte sich ins Internet und tippte ein paar Namen, die ihm aus der Abiklasse noch einfielen, in eine Suchmaschine. Markus Haas – der „Klopfer". Conny Linden – aus einem sehr bestimmten Grund würde er sie nie vergessen ... Gerade, als er ihre attraktive Homepage fand, klingelte jemand an seiner Tür. Ärgerlich riss er die Tür auf. Fehlte nur noch, dass er „wer stört?" blaffte.

Die blonde Mandy von der Post zwinkerte ihm wie so oft zu.

„Soll ick wieder gehen? Ist nur ein Bäggschen."

Sie überreichte ihm ihr Mitbringsel und ließ sich den Empfang quittieren. Mandy hob die Schultern.

„So, jetzt können Sie wieder tun, wovon ick Sie abjehalten hab." Sie schaute ihn von oben bis unten an, und er fühlte sich unwohl, weil er unrasiert – das sah bei seinen angegrauten Stoppeln ziemlich unzivilisiert aus – in Socken und hoffentlich nicht mit offenem Hosenladen die Tür geöffnet hatte.

„Schönen Tach noch auch. Tschüsschen.“

„Servus.“

Er schaute an sich runter. Sein Hosentürl war also zu. Dafür ließ er die Haustür einen Moment offen.

Das Päckchen kam von einer Agentur, die Artikel für Privatdetektive und Sicherheitsdienste vertrieb. Vor ein paar Wochen hatte er das Teil bestellt und eine Kopie seines Personalausweises, seine Lizenz und Steuernummer dazugelegt. Die Waffe war registriert worden und gehörte nun offiziell ihm, eine Schreckschusspistole, mit der man vielleicht Tauben verscheuchen, aber laut Beschreibung niemanden ernsthaft Schaden zufügen konnte. Aus nächster Nähe war das Ding aber sicher nicht ganz ungefährlich – fürs Trommelfell jedenfalls.

Michael brach das Päckchen auf dem Fußboden auf. Er legte die täuschend echte Pistole neben seine Schuhe, um eine Hand frei zu haben, die Wohnungstür zuzudrücken. Stattdessen schaute er plötzlich auf ein Paar schwarze Herrentreter auf seinem Fußabstreifer. Ein weiteres Paar gesellte sich dazu.

„Finger von der Waffe!“, schnarrte eine bedrohlich ernsthafte Stimme. „Aufstehen!“

Michael streckte seine Knie durch. Die Mündung einer Pistole war auf ihn gerichtet. Zwei Herren in Uniform musterten jede seiner Bewegungen mit Argusaugen. Ein Grinsen über die groteske Situation konnte sich Michael trotzdem nicht verkneifen.

„Das ist nicht zum Lachen, Herr Warthens!“ schnauzte ihn der zweite Beamte an.

Blöder Zufall, dachte Michael und sagte:

„Gut, gut. Ich weiß, wie's aussieht." Ergeben breitete er seine Arme aus und drehte die Handflächen nach vorn. „Bitte, kommen Sie rein."

Mit einem flinken Schritt nach vorn kickte der erste Beamte Michaels Pistole aus dessen Reichweite. Mit dem zweiten Schritt stand er so weit in der Tür, dass Michael sie nicht mehr hätte erreichen können. Wollte er auch gar nicht.

„Ich sagte doch, bitte reinkommen. Wir unterhalten uns am besten im Wohnzimmer."

Argwöhnisch sahen sich die Herren um.

„Das geht auch hier."

„Freilich, damit das ganze Haus hört, dass ich die Polizei in der Wohnung hab. Nix gegen Sie, meine Herren, aber Sie können sich ja denken, wie's ist, wenn Sie auftauchen. Bitte machen S' die Tür zu. Merci."

Der zweite Uniformierte drückte die Tür von innen zu und erntete einen missbilligenden Blick seines Begleiters. Ihr Fluchtweg war nun versperrt. Der zweite, etwas kleinere und jüngere trat aus dem Schatten seines Kollegen und schaute Michael genau an.

„Sie sind Herr Michael Warthens?"

„Klar."

„So klar ist das nicht. Kennen Sie einen Herrn Heino Zieringer?"

„Hören Sie..."

„Kennen Sie ihn? Ja oder nein!"

„Ja. Ich war sogar gestern auf d' Nacht bei ihm. Er ist ein alter Schulfreund, und ich wollte eine Auskunft von ihm. Er hat's aber recht pressant g'habt, und ich hab ihm meine Handynummer geben, dass er mich heute anruft. Ist was passiert?"

„Er ist tot!“, schnauzte der Bärtige ihn an, als würde Michael das wissen. „Sie waren einer der letzten, der ihn lebend gesehen hat. Ich darf Sie bitten, mit zum Präsidium zu kommen.“

„Zur Vernehmung?“

„Befragung.“

Der Jüngere sah ihn scharf an.

„Laut Ihrem Klingelschild sind Sie Privatdetektiv. Wieso haben Sie nach Ihrer Pistole gegriffen, als wir vor Ihrer offenen Tür standen?“

„Das werden Sie mir ja doch nicht glauben – oder Sie fragen die Postlerin, die kurz vor Ihnen da war. Ich hab die Waffe unmittelbar vor Ihrem Besuch zugesandt gekriegt, meine Herr′n.“

„Eine Walther? Mit der Post?“

„Schreckschuss, Mensch. Das Ding tut nix.“

„Ja, ja, Sie wollen nur damit spielen. Trotzdem muss sie registriert sein.“

Artig präsentierte Michael seine Gewerbezulassung, Lizenzen und den für die Schreckschusspistole nötigen *Kleinen Waffenschein*.

„Geh’n wir.“

8. KAPITEL

HAUPTKOMMISSAR Piet Maurer musterte seinen Verdächtigen stumm und so lang mit Schlitzaugen, dass Michael auf der Zunge lag, ihm eine Sonnenbrille anzubieten. So blendend sah er nun wirklich nicht aus. Das Psychospielchen mit der Schweigenummer fand er allmählich lächerlich.

„He, ich weiß, ich war gestern bei Heino, ihr habt mich und mein Auto auf den Aufnahmen der Überwachungskameras an seinem Grundstück gesehen, und deswegen bin ich der Zeuge Numero uno? An was ist Heino denn gestorben?" An Raserei wahrscheinlich, fiel ihm Heinos riskantes innerstädtisches Überholmanöver ein. Ein Unfall?

Ihm war, als habe die halbe Stadt mit ihm die Schulbank gedrückt: Piet Maurer hatte in der letzten Reihe gesessen. Fünf Jahre lang ganz hinten. In den letzten dreißig Jahren hatte er seine Position erheblich verbessert. Er war zum Kriminalhauptkommissar, kurz KHK, aufgestiegen.

„So so", brach Maurer sein Schweigen, „*der* Warthens sind Sie also."

Michael ärgerte, wie Piet Maurer plötzlich im Takt eines Perpendikels mit dem Kugelschreiber auf den Tisch tippte.

„Okay", er verschränkte die Arme und schlug die Beine übereinander, „dann sind wir jetzt per Sie, was?"

„Die perfekten Schulfreunde waren wir wohl nie, oder?"

„Was ist schon perfekt?"

„Manche Morde, zum Beispiel?" Maurer beendete sein nervendes Kugelschreiberspiel. „Wann haben Sie Heino Zieringer zuletzt gesehen?"

Die Luft im kargen Befragungsraum hatte etwas Wüstenartiges. Michaels Zunge klebte ihm am Gaumen. Nein, er war kein Zeuge. Er war ein *Verdächtiger*! Bevor er antwortete, überlegte er genau, um keinen Fehler zu machen.

„Gestern Abend gegen 19 Uhr. Das weißt du ja."

Verärgert über das Du, richtete sich Maurer in seinem Stuhl auf. Wie Michael schon in der Klinik aufgefallen war, war er weit größer und schlanker als er selbst, hatte eingefallene Wangen und tatsächlich kein einziges entbehrliches Gramm Fett am Körper. Michael lag richtig mit seiner Einschätzung, der KHK sei ein Marathon-Mann, nur – hoffentlich – nicht beim Befragen von harmlosen Bürgern.

Maurer schaute finster drein.

„Gut, dann sagen wir halt *du*. Redet sich womöglich offener."

„Dann kannst du mir sicher erklären, woran der Heino eigentlich gestorben ist? Eure Informationspolitik lässt nämlich ganz schön zu wünschen übrig!"

Maurers Gesicht streifte ein Zucken. Er hörte auf, mit dem Stift auf den Tisch zu tippen.

„Liest du keine Online-Zeitung? Man hat ihn heute Nacht im Gerinne des Ludwigsplatzes gefunden. Nach vorläufiger Meinung der Gerichtsmedizin ist er von vorn ins Gesicht geschlagen worden – er muss seinen Mörder also angesehen haben – und er stürzte auf den Kopf."

Michaels Gedanken machten einen Purzelbaum rückwärts. Heino – ermordet? Ein Herzinfarkt hätte ihn nicht so sehr überrascht. Aber Mord? Schon wieder ein Opfer aus seiner Abiturklasse!

„Die Bewusstlosigkeit genügte, dass er im flachen Wasser mit dem Gesicht nach unten Probleme mit der Atmung bekam. Er lag so eingeklemmt im oberen Teil der Rinne, dass sein Körper sogar das Wasser gestaut hat und der halbe Platz leicht überschwemmt war.“

Es war Mitte Oktober, überlegte Michael, und in wenigen Wochen sollte das seichte, den Verlauf des alten Stadtbachs darstellende Gerinne sowieso ausgelassen und eingewintert werden. Blöd gelaufen, dachte er.

„Der Zieringer“, klärte ihn der Hauptkommissar weiter auf, „hatte ein starkes Asthmaspray bei sich, wenn dir das was sagt! Auslöser aber war der Hieb. Demnach könnte es Körperverletzung mit Todesfolge sein. Wie gesagt, das ist das vorläufige Ergebnis. Und du hast ihn zuletzt getroffen.“

„Gesehen!“, korrigierte ihn Michael. „*Getroffen* hat ihn wohl ein anderer – oder eine andere.“

„Hm.“ Wieder fing Maurer mit dem Tippen an.

Michael erklärte ruhig und sachlich, was er bei Heino gewollt hatte, nämlich ihn nach einem Schulfreund zu fragen, ohne Piet den Namen zu verraten. Außerdem hätte Heino doch anschließend mit allen Stadträten und dem Bürgermeister eine Sitzung gehabt, die ja offensichtlich bis morgens gedauert habe.

„*Ich* war also nicht der Letzte.“

Endlich hörte Maurer mit dem Tippen auf.

„Gut. Beim Auffinden war er aber schon gut eine Stunde tot. Sagt die Gerichtsmedizin.“

„Ja wie jetzt?" Michael wurde ein Tick lauter. „Warum fragt ihr Kriminaler nicht einfach bei den Stadträten nach, oder beim OB?"

„Weil wir das schon längst getan haben. Heino war nicht auf der Sitzung!"

„Nicht?"

„Nein. Wo warst du eigentlich die Nacht über?"

Michael verdrehte die Augen.

„Daheim. Im Bett. Allein. Ich weiß, ein brillantes Alibi."

Obwohl ein Aufzeichnungsgerät mitlief, machte KHK Maurer eine schriftliche Notiz.

„Ist dir eigentlich irgendwas aufgefallen an Heino Zieringer, als du bei ihm warst? Etwas Besonderes?"

„Mann, den hab ich seit unserer Schulzeit hauptsächlich in der Zeitung oder im Regionalfernsehen gesehen, oder von weitem im Klosterkeller. Du weißt ja, ich war nicht bei euch auf dem Schülertreffen vor zehn Jahren."

Maurer nickte bedächtig und kaute am Kugelschreiber.

Das Einzige, das Michael aufgefallen war, hatte nach seiner jüngsten Begegnung mit Zieringer stattgefunden: „… ich hab da also kaum Vergleiche. Aber warte – als ich weggefahren bin, hat mich ein Wagen überholt, viel zu schnell für die Stadt, und das konnte nur der Heino gewesen sein. Dem hat's sicher pressiert wegen der Stadtratssitzung."

„Was war das für ein Wagen?"

„Er hat mich von hinten geblendet, ist dicht aufgefahren und dann wie ein Verrückter an mir vorbei. Rosenheimer Kennzeichen, und dann irgendwas mit MZ oder HZ vor der Ziffer 1."

Wieder machte Maurer eine kurze Notiz.

„HZ 1. Heino Zieringer 1. Das ist seine Nummer. Das

Ganze könntest du dir aber auch ausgedacht haben, oder?"

„Ja freilich! Warum sollte ich? Ich wollte schließlich was von ihm wissen. Was Wichtiges! Da tu ich ihm doch nix an. Was für ein Motiv sollte ich denn überhaupt haben?"

„Das lass unsere Sorge sein, Mike. Mit Motiven kennen wir uns besser aus. – Ach so, du bist ja auch vom Fach." Er betonte die Worte „vom Fach" ironisch und ahmte mit Daumen und Zeigefinger eine Pistole nach.

„Die Walther P99 brauchst du wohl als Privatschnüffler?"

Wollte der KHK ihn provozieren? Michael schaute ihm fest in die Augen und sagte in Schriftdeutsch, damit der dialektfreie Polizist es auch bestimmt verstand: „Wir haben das gleiche Interesse, nämlich herauszufinden, wer warum Heino das angetan hat. Warum der Sarkasmus?"

„Weil du immer noch verdächtig bist!" Maurer patschte mit der knochigen Hand auf die Resopalplatte. Plötzlich plärrte er: „Was wolltest du *wirklich* von Heino Zieringer?"

Psychotrick Nr. 3: Einschüchtern, dachte Michael. Er ließ sich nicht beeindrucken von Piet, der die Zehnte wiederholen musste – und, okay, drei Jahre später das Abi schaffte, im Gegensatz zu Michael, der auf eine Neuauflage der Prüfungen dankend verzichtet hatte.

„Ich habe einen Auftrag. Ich suchte Arno Ellers, den *Schwan*, wenn du dich erinnerst."

Maurer sah man nicht an, ob er überrascht war.

„Ach was? Und der Auftrag kommt von …?"

„… einer bestimmten Claudia. Höchstwahrscheinlich Claudia Ortosi. Heino wollte mir was über Arno erzählen. Und vielleicht auch über Claudia."

Maurer hatte einen knallroten Kopf bekommen und sah Michael scharf an.

„Hat deine ...", er räusperte sich, „... Auftraggeberin erwähnt, warum sie ihn sucht, oder besser, wieso sie ihn *finden* will?" Michael schüttelte den Kopf.

„Nur auffinden. Alles andere geht mich nichts an. Aber Arno ist wie vom Erdboden verschluckt." Dass er ganz genau wusste, was mit ihm passiert war, verschwieg Michael.

Auch Piet Maurer verlor kein Wort über den Polizeieinsatz in der Klinik und Arnos Ermordung. Michael ahnte, er als Außenstehender durfte das aus „ermittlungstaktischen Gründen" nicht erfahren. Als würde er nach einem Zusammenhang suchen, konnte sich der Hauptkommissar dann doch die argwöhnische Frage nicht verkneifen:

„Was hast du eigentlich gestern in Griesstätt gemacht?"

„Meine Tante abg'holt. Wieso?"

Piet schmatzte mit den Lippen, als sei er mit der Antwort mehr als zufrieden. Abrupt beendete er die Vernehmung. Mit seinen Gedanken bereits deutlich ganz woanders, schaute er an Michael vorbei. Seine Augen formten sich wieder zu Schlitzen.

„Gut, du kannst gehen. Du weißt ja, halte dich zur Verfügung und so weiter."

Ein ziemlich bestimmtes Gefühl sagte Michael, die Erwähnung des Namens Claudia Ortosi hatte etwas mit seiner schnellen Entlassung aus den Klauen der Exekutive zu tun. Nun wusste einer der Kommissare, dass Arno das begehrte Suchobjekt von Claudia gewesen war. Was das für die polizeilichen Ermittlungen bedeutete, konnte er sich vorstellen. Sie würden Claudia Ortosi gewaltig in die Mangel nehmen – wenn sie sie überhaupt aufspürten.

Dass Piet ihn wegen seines Auftrags nicht ab sofort auch

noch zu den Verdächtigen im Mordfall Arno Ellers zählte, obwohl er ihn in der Klinik gesehen hatte, wunderte Michael. Hatten sie Arnos Mörder bereits gefasst?

Und warum – „Zefix", fluchte Michael laut – wurde nun auch noch Heino, ihrer aller ehemaliger Klassensprecher umgebracht?

Wieder zu Hause riss er erst einmal alle Fenster auf. Roch es wirklich stechend nach Waffenöl, oder bildete er sich das nur ein? In der Verpackung aber war tatsächlich etwas von dem Ballistol ausgelaufen, das er mit der Walther kostenlos mitgeliefert bekommen hatte. Im Wohnzimmer blinkte der Bildschirm seines PCs. Vor Aufregung hatte er vergessen, ihn herunterzufahren. Er bewegte die Maus. Sofort leuchtete ihm Conny Lindens Homepage in oranger Grundfarbe entgegen. Es war sein letzter Klick gewesen, bevor er abgeholt worden war.

Das Mädchen, jetzt eine rothaarige, sommersprossige Frau, hatte gut dreißig Jahre zuvor immer männliche Freunde um sich versammelt, abwechselnd und zahlreich, was ihr einen zweifelhaften Ruf eingebracht hatte. Michael hatte lange an ihrem Image gezweifelt und vermutet, dass sie das nur aus Jux provoziert hatte. Im Abi-Sommer waren sie für ein paar Tage zusammen – Tage und auch eine Nacht, seit der er genau wusste, Conny hatte nie zuvor mit einem anderen geschlafen.

Danach hatten sie sich aus den Augen verloren. Conny hatte in Tübingen einen Studienplatz gefunden, ein Streit wegen einer Lappalie, und aus war's.

Ob er sich wirklich bei ihr melden sollte? Das Foto wäre ein guter Einstieg, dachte er.

Über ihre Homepage vertrieb sie esoterische Produkte, sah in die Zukunft, und auf einer Unterseite hatte sie eigene lyrische Texte eingestellt. Irgendwie, dachte Michael, konnte das bei ihrem Aussehen gar nicht anders sein. Ob Klischees manchmal nur deshalb welche sind, weil sie tatsächlich zutreffen? Oder bediente man gelegentlich unbewusst genau die Schablone, die andere für einen bereithielten?

Michael klickte auf „Kontakt" und schrieb ihr eine E-Mail. Eine viel zu lange.

Die Re-Mail kam postwendend. Für den nächsten Tag lud Conny ihn auf einen Tee ein.

9. KAPITEL

Donnerstag, 11. Oktober. Herbstföhn.

DIE LOKALPRESSE kannte nur ein Thema: *STADTRAT ZIERINGER TOT!* Die Schlagzeilen reichten von Fragen (*WAR ES STREIT UM NEUES GEWER-BEGEBIET?*) bis hin zu der klaren Festlegung *ZIERINGER: MORD!!!*

Die drei Ausrufezeichen hätten die sich sparen können, wusste Michael. Piet hatte von Totschlag gesprochen, auch wenn das endgültige Ergebnis der Gerichtsmedizin noch ausstand.

Auch im Lokalradio überlagerte das unfassbare Ereignis alle anderen Nachrichten. Nur der Wetterbericht kam ohne das Wort „Stadtrat" aus. Wenigstens vergaßen die Redakteure nicht, dass man auch Musik auflegen konnte. Michael stellte lauter. Der Regionalsender spielte „This Flight Tonight", einen Top-Hit aus den Siebzigern von *Nazareth*.

Das Erste, was ihm dazu einfiel, war der langhaarige Klopfer. Zum Googeln hatte es bei Klopfer gestern nicht viel gegeben, außer einen Eintrag in einem Wissenschafts-magazin, für das er einen Aufsatz geschrieben hatte. Ei-gentlich hieß er Markus Haas, der „Hase", den sie deswegen nach dem Kaninchen aus Walt Disneys Bambi-Film benannt hatten. Klopfer spielte sicher heute noch irre gut Gitarre. Die Provinzband, mit der er damals seine Soli ablieferte, dass die Säle wackelten, gab es wohl schon lang nicht mehr. Aber Markus. Vor gut einem Monat hatte Michael ihn auf dem Rosenheimer Herbstfest getroffen, wo man meistens den Leuten begegnete, die man ewig nicht gesehen hatte, und mit denen man dann vor lauter Freude im Bierzelt oder anschließend irgendwo im Nachtleben gewaltig versumpfte.

Klopfer hatte seine zwei Kinder dabei gehabt, das Mädchen etwa zwölf, der Sohn um die vierzehn. Viele Worte über Klopfers lange Haare und wildeste Umtriebe von früher konnten sie deshalb nicht wechseln, von einem ausgiebigen Bierbankdrücken ganz zu schweigen. Die Kids wollten fahr'n, fahr'n, fahr'n – mit Papa.

„Meld' dich mal, auf ein Bier vielleicht!", hatte Markus ihn damals aufgefordert. Gesagt – getan. Bis zum späteren Nachmittagstee bei Conny war noch genügend Zeit, und der „Hase" stand samt Adresse im Örtlichen.

Es läutete nur kurz, bis eine weibliche Stimme ihren Namen wie Kaugummi in die Länge zog: „Haaaas".

Frau oder Tochter?

Michael stellte sich vor und fragte nach Klopf... – Markus.

„Momentchen."

Nach kurzem Getuschel und Rascheln war Klopfer am Zug.

„Markus Haas."

„Servus Klopfer." Michael hörte ein Aufstöhnen, und er wusste, der Spitzname kam nicht mehr gut an. „Ist lang her, Markus."

„Ach, du bist Mike, oder?"

„Sorry, ja. Du erinnerst dich, auf'm Herbstfest haben wir uns getroffen. Ich sollte mich einmal melden. Jetzt tät ich sogar einen handfesten Grund haben für ein Bier."

„Echt? Welchen denn?" Markus' Stimme klang unsicher. Sicher hatte er ebenso von Heino Zieringers Ableben erfahren und fühlte sich dabei um drei Jahrzehnte zurückversetzt.

„Nix Schlimmes, haha. Ich wollt nur fragen, ob du noch ein Klassenfoto von uns hast? Vom Abi wär's super."

„Klar! Alle. So was wirft man doch nicht weg."

Unbehaglich verzog Michael sein Gesicht, als hätte er Bauchschmerzen. Schuldig!

„Ja, schon. Es wär wichtig für mich, mal drauf zu schauen. Könnt' ich zu dir kommen, oder du zu mir, wenn du willst?"

„Nö, komm nur vorbei."

„Gleich?"

„Brauchst nur einen guten Roten mitbringen."

Michael „hörte" Markus' breites Grinsen tatsächlich am Telefon heraus, und auch eine weibliche Unmutsäußerung im Hintergrund. Die Uhr zeigte Viertel nach zwölf.

Beim Discounter erstand er eine Flasche Kalterer See – und im Blumenladen daneben einen günstigen, kleinen Strauß für Klopfers Frau – falls er sie wegen des Überfalls beschwichtigen musste.

Nach lockerem Austausch über ihre Aktivitäten nach der Schule – beide hatten Wehrersatzdienst geleistet – saßen „Klopfer" und Mike eine halbe Stunde später über zwei großformatigen Schwarz-Weiß-Aufnahmen und ebenso riesigen Farbabzügen.

„War eine tolle Zeit, damals", resümierte Markus. Er sah immer noch sehr jung aus, als wäre er ab dreißig nicht mehr gealtert. Wenn es so weiter ging, fürchtete Michael, würde Klopfer bald als Bruder seiner eigenen Kinder durchgehen.

„Na ja", meinte er trocken, „jünger war'n wir halt."

„Und die bessere Musik hatten wir."

Michael nickte.

„Die beste."

Ein paar Sekunden betrachteten sie stumm die vier Aufnahmen und schluckten ein paar Emotionen hinunter. In jedem Jahrgang waren es etwa vierzehn, fünfzehn Jungen und zwölf bis vierzehn Mädchen, die mit mehr oder weniger begeisterter Mimik in die Linse blickten. Zwar war mal einer durchgefallen, oder eine hatte die Schule verlassen, weil ihre Familie wegzog oder auf die Realschule zurück musste. Mit Ausnahmen aber waren es immer dieselben. Ein Mädchen fehlte gleich beim zweiten Foto.

„Ute." Markus legte den Finger auf die Stelle, wo das rassige Mädchen in die Kamera lächelte. „Sie ist nach den Ferien nicht mehr aufgetaucht."

Michael wusste:

„Ja. Sie und ihre Familie hatten einen Autounfall auf der Fahrt ans Meer. Wir hatten gleich am ersten Schultag danach eine Trauerfeier."

„Genau – aber sag mal, Mike, warum willst du die Bilder jetzt alle durchgehen? Was war der Grund, sagtest du?"

Michaels Zeigefinger wanderte zu Arno, der auf diesem Foto mit seinen kinnlangen, weißblonden Haaren buchstäblich herausleuchtete.

„Wegen *ihm*!"

„Dem *Schwan*? Wieso?"

„Also gut, ich bin Privatdetektiv."

„Hö hö!" Klopfer brauchte einen großen Schluck vom Südtiroler.

Michael erzählte ihm nur die halbe Wahrheit über seinen Auftrag. Dass er von Claudia kam, ließ er aus. Klopfer fragte gottlob nicht nach und schaute unentwegt auf die Fotos. Erneut verschwieg Michael, dass er Arno bereits aufgestöbert hatte, und dass er tot war sowieso. Claudia war auf den ersten beiden Fotos der siebten und achten Klasse zu sehen. In der Neunten fehlte sie beim Fototermin wegen Krankheit, die Aufnahme der Zehnten zeigte sie in Latzhose, halb versteckt hinter Arno und Heino, der mit seiner Leibesfülle auffiel. Besonders ein Foto der Abiturklasse, in der in etwa die gleiche Zusammensetzung zu sehen gewesen sein musste, hätte Michael interessiert. Fehlanzeige. Er fragte Klopfer, warum.

„Ja, das ist wirklich eigenartig." Nachdenklich betrachtete Markus den Weinrest in seinem Glas. „Beim Klassentreffen vor einigen Jahren – sind auch schon wieder zehn – haben wir alle unsere Abi-Fotos mitgebracht und auf einen Tisch neben dem Buffet abgelegt. Wir sollten sie mitnehmen, damit wir eventuell fehlende Unterschriften auf der Rückseite nachholen konnten. Der Stapel war aus irgendeinem blöden Grund, ich glaube, wegen einer umgefallenen Kerze, in Brand geraten. Es gibt so gut wie keine Fotos mehr von unserer Abi-Klasse, außer diejenigen, die beim Treffen gefehlt haben, haben noch eins. Selbst Studienrat Hofner war da und hatte seins mitgebracht. Futsch."

„Wer ist denn auf die Idee gekommen, die Bilder mitzubringen?"

„Der Zieringer hatte das auf der Einladung vermerkt, in großen Buchstaben, als sei es wichtig."

Michael zuckte zusammen. Hatte Heino die Fotos absichtlich verschwinden lassen?

„Du weißt aber schon, dass der Heino tot ist?"

Durch Markus ging ein Ruck, als hätte Michael ihn aus der Vergangenheit zurückgeholt.

„Wie bitte?"

„Liest du keine Zeitung?"

„Wann...?"

„Na, gestern früh. Er ist in dem Gerinnewasser am Ludwigsplatz ertrunken, hat's geheißen. Freilich ist das in der Lack´n fast nicht möglich, aber wenn man bewusstlos ist, dann schon." Den Mordverdacht und seine eigene Involvierung dabei ließ Michael aus. „Der Radio bringt das schon den ganzen Tag." Er sagte immer *der* Radio – Abgewöhnung zwecklos.

„Echt?" Klopfer stutzte. „Wir hören kaum Radio, ich sowieso nur CDs oder die alten Platten von *Pink Floyd*, *AC-DC* und so. Ich hab Urlaub, und kann nicht entspannen, wenn ich laufend Nachrichten höre. Zeitung hab ich auch nicht gelesen. Ich schalte dann voll ab, im wahrsten Sinn des Wortes. Aber warte..."

Klopfer sprintete in die Ecke des Wohnzimmers, in der eine Musikanlage still vor sich hin alterte. Der Hausherr suchte nach dem Lokalsender. Als er ihn fand, hörten Michael und Markus, dass ihr ehemaliger Klassenprimus „aller Wahrscheinlichkeit nach tatsächlich einem Verbrechen zum Opfer gefallen" war.

„Der Sprecher des Polizeipräsidiums erklärte, man könne noch keine Einzelheiten veröffentlichen. Womöglich sei es aber Raubmord gewesen, denn die Brieftasche ohne Bargeld oder Kreditkarten, nur mit dem Ausweis des Opfers, wurde heute beim Abräumen durch die Stadtgärtnerei in einem Pflanzkübel an der Innstraße gefunden, nicht weit vom Ludwigsplatz. Noch immer wird Zierings registriertes Smartphone vermisst."

Es könnte aber ein vorgetäuschter Raub gewesen sein, um einen Mord zu tarnen, dachte Michael. Warum auch immer ihn jemand fingiert hatte.

Frau Haas bedankte sich noch einmal für Michaels kleinen Blumenstrauß, den er wegen der „Vereinnahmung ihres Mannes" als kleine Entschädigung für sie mitgebracht hatte. Ihr Blick auf Markus konnte nur eins bedeuten: und wann bringst *du* mal Blumen mit? Als Meeresbiologe, sagte sich Michael, schenkt er ihr wahrscheinlich zu jedem Geburtstag einen bunten Strauß aus Blau-, Grün- und Rotalgen.

Fiesta

20:00 Uhr. In der fetzig geschmückten Turnhalle spielt „Take Four", eine Band, die aus ehemaligen Schülern des Gymnasiums hervorgeht – und mit einem Gitarristen, der sein Abiturzeugnis erst ein paar Stunden zuvor erhalten hat. Alle nennen ihn „Klopfer". Die wissen, was er kann, freuen sich auf seine Version von Carlos Santanas *Samba Pa Ti* – doch die soll erst in ein paar Stunden abgehen, wenn die Stimmung dazu angetan sein wird, das Discolicht ´runterzudrehen.

Niemand kommt auf die Idee, keinen Alkohol zu trinken. Manche qualmen, was die Packungen hergeben, und in den Rauchschwaden bricht sich das Licht einer riesigen Discokugel in der Saalmitte. Hunderte Spiegelstückchen jagen bunte, rotierende Blitze auf die Tanzfläche. Einige Mädchen und Jungs haben sich Augenmasken wie im Fasching angelegt, als wär's eine Party am Hof des Königs. Zwischen den Live-Coverversionen von „Take Four" dröhnen Platten von Boney M., Sweet und Uriah Heep aus den Boxen, manchmal auch die unvermeidlichen Songs von ABBA.

Genial die Stimme des männlichen Sängers von „Take Four", der Rod Stewarts *Sailing* mit einer Wahnsinns-Reibeisenstimme nachahmt, ohne zu husten, genauso wie die weibliche Stimme und Bassgitarristin der Band, Jeany, mit *It's a Heartache* von Bonny Tyler.

Nun ist „Klopfer" dran. Samba Pa Ti – das Licht dimmt jemand ´runter, niemand weiß genau, wer sich erbarmt hat, aber fast alle johlen: „Befruchtungstango!" Fast alle.

Studienrat Hofner fährt mit seiner „Ente" schaukelnd

nach Hause. Die Ampel an der „König-Otto-Kreuzung" wird ihm zum Verhängnis. Stadtauswärts fährt er über Rot und auf den Gehweg vor dem Gillitzerblock, weil er sich alkoholbedingt nicht entscheiden kann, ob er nach links in den Max-Josef-Platz abbiegen oder geradeaus weiterfahren soll. Schließlich legt er sich aufs Rechtsabbiegen in die Münchnerstraße fest, an der ihn bereits eine Polizeistreife erwartet.

Am ersten Schultag nach den Ferien kommt er zum ersten Mal mit dem Fahrrad zum Unterricht. Später wird er zum glühenden Befürworter einer Rosenheimer Fußgängerzone, die irgendwann für den Max-Josef-Platz und die Münchnerstraße geplant ist.

10. KAPITEL

CONNY LINDEN öffnete Michael in einem, für ihre Tätigkeit als Berufs-Esoterikerin sicher erforderlichen, luftig-orangefarbenen Kleid. Ihre Füße steckten in etwas, das man früher „Jesuslatschen" nannte. Drinnen streifte sie die Dinger fix ab, um barfuß über die Holzdielen zu laufen. Conny musste eine jener seltenen Frauen sein, die nicht ständig über kalte Füße und Hände klagten. Allerdings hatte der Föhn jetzt am Nachmittag die Außentemperatur in spätsommerliche Höhen getrieben. Das Kopfwehwetter schien Conny nichts auszumachen. Sie wirkte putzmunter. Sogar Mikes Mail vom Vortag hatte sie kaum überrascht.

„Ich wusste, dass einer aus unserer ehemaligen Klasse sich sehr bald melden würde. Dass du das bist, war nicht ganz abwegig."

Michael versuchte, nicht verlegen zu wirken – und nicht zu sehr zu grinsen.

„Weil du hellsichtig bist?"

„Nein. Weil Heino tot ist, weil also wieder einer aus unserer Mitte gerissen wurde. – Tee?"

„Gern."

Sie schenkte ein. Der Geruch erinnerte Michael an einen steifen Grog.

„Was ist denn das für einer? Riecht wie Rumcocktail."

„Liegt daran, dass Rum drin ist."

Michael hatte nicht damit gerechnet, Conny würde was mit Alkohol trinken. Der benebelt doch die Hellsichtigkeit. Ihm sollte es egal sein. Er nippte an dem heißen, würzigen Teufelszeug.

„Und was ist die Teegrundlage?"

„Frag lieber nicht. Aber keine Angst. Ist nichts Illegales."

Ein bisschen Geplänkel („Wie geht's sonst so?", „Was treibst du denn immer?") musste noch sein, bevor Michael den wahren Grund seines Besuchs offenlegte.

Conny schaute ihn mit großen Augen an. Die Fältchen drum herum machten sie keinen Tag älter, eher attraktiver, vor allem, weil sie nicht versuchte, ihr Aussehen mit irgendwelchen Tricks zu verjüngen. Sie wirkte faszinierend authentisch. Nichts an ihr war aufgesetzt. In keiner Weise ließ sie wegen ihrer einst recht banalen Trennung durchblicken, sie hätte ihm etwas vorzuwerfen. Wie befreit empfing Michael ihre positiven Willkommenssignale, und ärgerte sich zugleich über sich selbst, weil er ohne Vorwarnung schon wieder auf dem besten Weg war, Conny mehr als nur anziehend zu finden. Er erwiderte ihren Blick und versank in diesen unglaublich grünen Seen ihrer Augen, mit denen sie schon früher flirten konnte wie kaum eine andere.

„... tja", seufzte er und setzte einen unschuldig hilflosen Blick auf, „so oder so holt uns im Moment die Vergangenheit ein, was! Der *Schwan* hat aber gar keine, wie's ausschaut."

Ein Lächeln huschte über ihre Sommersprossen.

„Ich weiß schon Bescheid."

„Wie bitte? Dass ich den Arno suche? Wahnsinn!"

„Ja – ich habe zwar so meine Talente, was Hellsehen

betrifft, aber Wunder bringe ich auch nicht zustande. Nein, Markus hat mich grad angerufen, du weißt schon, Klopfer, bei dem du vorhin warst. Er sucht ab und zu meinen Rat, wenn er wissenschaftlich an einer Entscheidung zu knabbern hat. Er wollte wissen, ob *ich* dir helfen könnte, und dich dann verständigen, wo du mich findest.“

Die Drähte einiger Schulfreunde zueinander waren also immer noch nicht ganz verglüht. Michael verriet ihr lieber nicht, dass er ihre Homepage gegoogelt hatte.

„Glaubst du, du könntest tatsächlich was ausrichten?“

„Nicht für Claudia. Ich mochte die nie wirklich.“

Woher wusste Conny von seiner Auftraggeberin? Markus gegenüber hatte er sie nicht erwähnt. Michael spielte den Unwissenden.

„Welche Claudia?“

„Komm schon, Mike. Den Auftrag hast du doch von Claudia Ortosi, stimmt’s. Die will sicher wissen, wo ihr Jugendschwarm sich herumtreibt. Wer sonst.“

„Warum kommst du auf sie, Conny? Was weißt du noch von damals, was an mir vorbeigelaufen ist?“

Conny lachte auf. Sie sah richtig mädchenhaft dabei aus. Warum waren sie damals doch gleich wieder getrennte Wege gegangen? Er konnte keinen klaren Gedanken fassen, so sehr lenkten Conny und ihr hinterhältiges Getränk ihn ab.

„Mensch, Mike, die war zwar fast unsichtbar für euch Jungs, aber bei uns Mädchen war die sehr wohl ein Thema. Sie wollte ja nichts mit anderen zu tun haben. Was glaubst du, welche Gemeinheiten da ihre Runden gedreht hatten. Die Zicke, wie wir sie nannten, war voll in den *Schwan* verknallt – jahrelang, ohne Erfolg freilich, bei ihrem Aufzug. Ihr habt das nie bemerkt, oder?“

„Ähm – nein.“

„Dacht ich mir. Männer!" Conny tippte sich an die Stirn. „Der *spinnerten Kuh*, hatten wir gedacht, müsste man mal zeigen, wie man Jungs aufreißt. Aber die ließ niemanden an sich ran – ich meine freundinnenmäßig. Dann machten wir uns halt lustig über sie. Dass Arno lieber schwul sein wollte, als so einen Misthaufen wie Claudia anzufassen. Erst ab der Elften, als es allmählich ernst wurde mit den Prüfungen und es aufs Abi zuging, hatte jeder mehr mit sich selbst zu tun. Aber Claudia war, aus meiner heutigen Sicht, ein ziemlich unglückliches Mädchen. Vielleicht wegen ihrer Familie. Ihr Vater war doch dieser Großindustrielle…"

„Ortosi? Mensch genau, der Reinigungsmittel-König?"

„Genau. Die Firma wurde irgendwann von einem richtig großen Weltkonzern aufgekauft. Die Familie Ortosi ist stinkreich – ähm, was zahlt dir Claudia denn für deine Dienste?"

Michael legte den Finger an seine Lippen.

„Betriebsgeheimnis. Aber du kannst ja in deinen Karten nachschau'n."

„Darauf kannst du wetten."

„Trotzdem ist das sensationell, wie du auf die Claudia gekommen bist."

Conny streckte sich und gähnte herzhaft.

„Gell! Aber weil du's bist, und ich meine *du*, wegen uns – du weißt eh. Ich musste nur ein wenig kombinieren und ein bisschen raten, was am wahrscheinlichsten ist. Was glaubst du, wie Hellsehen sonst funktioniert?"

„Indem man's Licht anknipst?"

„Witzbold."

Eigentlich wollte Michael nicht so schnell wieder aus Connys Nähe verschwinden. Er fühlte sich wohl bei ihr.

Dass diese Frau tatsächlich allein leben sollte, brachte er nicht auf die Reihe. Einen Hinweis auf einen Mann in ihrem Haus, das sie, wie sie ihm versicherte, von ihren Großeltern geerbt hatte, konnte er aber nicht erkennen. Alles war auf „Frau" ausgelegt, die pastellfarbenen Blumenmuster der Vorhänge und Kissenbezüge, der Geruch nach Räucherstäbchen oder Duftölen, keine Fernbedienung lag auf dem Rattantischchen, nur Frauenzeitschriften und Horoskopblätter.

Sein Handy klingelte penetrant dazwischen, als sie ihm „Tee" nachgoss. Es war Klopfer, der ihm riet, doch mal bei Conny Linden vorbeizuschauen.

„Danke, mach ich!", sagte er staubtrocken. Aufmerksam hörte er Markus zu. Ihm war doch noch etwas Wichtiges eingefallen in Bezug auf Arno.

Conny ließ ihn nicht gehen, ohne auf Heino zu sprechen zu kommen.

„Macht's dir was aus, wenn ich eine Kerze für ihn anzünde, und wir gemeinsam kurz an ihn denken. Ich meine, das gehört sich doch."

Michael stimmte zu. Von Symbolik und Gedenkfeiern hielt er zwar nicht viel, aber Conny wollte er nicht enttäuschen. Während der Minute, in der sie seine Hand mit geschlossenen Augen hielt, dachte er, ob sie wohl für Arno auch eine Kerze anzünden würde? Ob sie tatsächlich nicht wusste, dass Arno erstochen wurde? Ahnen musste sie etwas. Sie besaß die Fähigkeit dazu.

Die Minute ging arg schnell vorbei.

Samba Pa Ti

Das Mädchen mit den Sommersprossen tanzt mit zwei Jungs. Einer, den sie „Mike" nennen, sitzt in einer wenig erleuchteten Ecke und weiß nicht, wie er die beiden von ihr loseisen soll. Sie kleben förmlich an ihr, während Klopfer das sowieso schon ewig lange Gitarrenstück offenbar absichtlich ins Endlose dudelt.

Mike quält sich, dem Trio zuzusehen. Sonst ist kein Mädchen mehr frei, das er auffordern könnte. Aber er will ohnehin mit keiner anderen tanzen. Also tanzt er den ganzen Abend nicht. Irgendwann würde er sie ansprechen. Morgen. Ganz bestimmt.

11. KAPITEL

MANCHMAL hatte die Rosenheimer Innenstadt wirklich ganztags ihre Tücken, wenn man mit dem Auto eilig durchkommen wollte. Alle hatten es pressant und saßen trotzdem fest.

Markus hatte ihm am Telefon ein geradezu unglaubliches Ding über Arno erzählt. Er wusste von Gerald, seinem Freund Professor Miller, dass Arno vor zwei, drei Jahren mal in die Griesstätter Klinik eingeliefert worden war. Dem Augenschein nach hatte er als Obdachloser auf der Straße gelebt, war eigentlich schwer krank, nahm aber dann Reißaus aus dem Krankenhaus. Niemand wusste, wo er sich anschließend versteckte, und warum er den eigentlich sicheren Hort ohne Zustimmung eines Arztes wieder verlassen hatte.

Wieso war Michael eigentlich nicht schon ein paar Tage vorher draufgekommen, seine früheren Mitschüler über Arno auszufragen? Weil er nie gedacht hätte, wie lang die Tentakel der Vergangenheit in die Gegenwart greifen. Plötzlich waren sie wieder alle zusammen – und zwei von ihnen tot!

Michael klopfte sich an die Stirn und stieß einen kurzen, aber urigen Schrei gegen die Frontscheibe.

„Zefix!"

Der Kerl im Wagen neben dem Smart schüttelte den Kopf über Michaels Wutausbruch. Der dachte sicher, er ärgere sich über den zähen Verkehrsfluss. Michael war egal, was der dachte. Tagelang war er bis vorgestern auf der Suche nach Arno gewesen, und ebenso wenig einen Meter weitergekommen wie die letzten fünf Minuten auf der Straße ... – auf der Straße!

Arno lebte also bis zu seinem Tod als Obdachloser. Markus hatte erwähnt, er hatte wahrscheinlich Drogenprobleme gehabt vor drei Jahren. Gab es Obdachlosenunterkünfte in der Stadt? Wo war eine Anlaufstelle für die Menschen, die ihr gesamtes Hab und Gut in Plastiktüten mit sich herumschleppten?

Er ertappte sich bei dem Gedanken, ob es überhaupt einen Sinn hatte, jetzt noch in Arnos Vergangenheit zu stöbern. Warum sollte er die Arbeit der Polizei machen? Weil Claudia Ortosi mit hoher Wahrscheinlichkeit den Grund für Arnos Ableben wissen wollte, und er nicht sicher sein konnte, dass die Kripo ihn herausfinden würde!

Ein Mord unter Pennern? Okay, für die Kripo wohl ein klarer Fall. Dass fast zeitgleich der frühere Klassensprecher dieses Penners auf merkwürdige Weise umkam, eine Mitschülerin ihn zeitnah suchte – wie oft musste er sich noch vor Augen führen, dass da ein Zusammenhang bestehen musste! Und vielleicht zahlte Claudia ja für erklärbare Hintergründe von Arnos Tod extra?

Noch immer hatte er kein Foto der Abiturklasse. Conny danach zu fragen hatte er völlig vergessen, vor lauter Tee und Kerze und – weil er an ganz andere Sachen gedacht hatte in ihrer Nähe.

Einmal draußen aus dem zähen Verkehr hielt Michael an einem Imbissstand, kaufte sich einen Riesendöner mit Putenfleisch und eine Dose Cola. In Sachen Gesundheit wies seine Ernährung erhebliche Mängel auf. Besonders seit Sabine und er sich getrennt hatten.

Selbst Gekochtes hatte er seitdem nur auf dem Teller gehabt, wenn er seine Tante Berti im Margaretenhof besuchte. Monatlich zahlte sie für das winzige Apartment gefühlt so viel Miete wie für eine Penthousewohnung in Dubai. Betreutes Wohnen kostete nun mal mehr, inklusive drei Mahlzeiten am Tag. Trotzdem kochte sie noch gern selbst, besonders wenn ihr der Speiseplan des Hauses nicht passte – und der passte fast nie.

Berti war eine alte Rosenheimerin, die früher viele Sommer als Sennerin auf einer Alm im Wendelsteingebiet verbracht hatte, und kaum zu beschreibende, fantastische Schmalznudeln machen konnte. Ohne Rosinen und mit knusprigem Häutchen in der Mitte. Michael neckte sie oft damit, die „Aus'zognen" als „Bavarian Donuts" zu bezeichnen. Wenn sie dann „narrisch" wurde und aufging wie ein warmes Kracherl, (eine warme Limonade also), wegen dem „neumodernen Gerede", gab's am nächsten Tag was Gutes zum Kaffee.

Missmutig biss er in den lappigen Döner und spülte mit süßer Cola nach. Das Koffein brachte ihn wieder in Schwung. Er legte die Dönerreste auf den Beifahrersitz, stellte die leere Coladose auf die Fußmatte und gab Gas. In der „Dreißiger-Zone", im Stadtteil *Aisingerwies* erhellte ein Blitzlicht für einen Moment sein Gesicht. „Scheibenkleister!", fluchte er. Augenblicklich nahm er den Fuß vom Gas, doch der Tacho zeigte noch immer weit über vierzig an. Wenigstens kassierte die Polizei nicht sofort ab. In den nächsten Tagen würde Michael erneut richtige Post bekommen.

Vor dem *Hilf&Werk* hielt er an und überlegte, was er dort drin überhaupt sagen sollte. Mit einem Foto von Arno wäre vieles leichter gewesen. Er kam sich vor wie ein Jäger, der sein Gewehr vergessen hatte. Wie sollte er die Beute erlegen, wenn er keine Waffe besaß? Mit List?

Mit sozialer Kompetenz!

Die private Organisation *Hilf&Werk* verteilte Lebensmittel und Kleidung zu minimalen Preisen oder kostenlos an Bedürftige, aber auch Fahrräder oder abgemeldete alte Handys, über die man nur noch Notrufe absetzen konnte, Radios, Fernseher, mittlerweile auch Computer und Kleinmöbel. Dabei beschäftigten die Organisatoren zum Großteil Mittellose, die die gesammelten und abgegebenen Waren instand setzten und dafür ein paar Euro bekamen. Für Obdachlose stellten Heike und Klaus, die im Moment das Haus ehrenamtlich betreuten, mehrere Betten und ein paar Duschen zur Verfügung. Fünfzig Cent kostete das Duschen, einen Euro die Übernachtung mit frischer Bettwäsche.

Michael und Klaus kannten sich aus der Bank, in der beide eine Lehre angefangen hatten, Michael aber nach einem Jahr bemerkt hatte, dass er mit Geld nicht arbeiten wollte, nur *für* Geld – was ihm leider viel zu selten gelang. Klaus wusste davon. Michael hatte sein Konto bei dieser Bank behalten. Klaus arbeitete nach wie vor dort, und in seiner Freizeit zusammen mit seiner Frau Heike für *Hilf&Werk*.

„Oh", machte Klaus, als er Michael erkannte. „Ist es jetzt so schlimm gekommen?"

„Hä?"

„Du bist doch nicht wirklich wegen...", er machte eine ausladende Bewegung mit seinem Arm, „... wegen dem hier?"

„Und du machst dich lustig über Leute, denen es nicht so gut geht?"

Klaus schaute betroffen. Sein volles Gesicht glänzte wie ein roter Luftballon.

„Keineswegs. Ich mein's ernst."

Michael sah an sich herunter. Seine Schuhe hätten pfundweise Pflegecreme vertragen, auf seinem Pulli klebten Reste der undefinierbaren Dönersoße, und rasiert hatte er sich heute Morgen mit nur wenig Begeisterung.

„Das glaubst jetzt aber nicht wirklich, Klaus. I weiß, mein Kontostand bei euch ist bedenklich, aber no hab ich eins bei deinem Kreditinstitut. Apropos Kredit...!" Er lächelte bescheiden.

„Frag mich am Montag in der Bank. Hier bin ich kein Banker. Das weiß du sehr genau. Also, was gibt's?"

„Ich suche jemand. Im Auftrag übrigens. In einem sehr *lukrativen* Auftrag." Konnte ja nicht schaden, seinem Bankmann eine hohe Einkommenserwartung zu suggerieren.

Klaus machte große Augen.

„Ich hoffe, es ist ein seriöser Job?"

„Natürlich!" Michael erklärte ihm die Lage – sowohl seine eigene als selbstständiger Detektiv, und die, warum er hier war, mit allen weggelassenen Details über Arnos Hinscheiden. Klaus überlegte.

„Hm, Arno. Arno Ellers. Wir fragen nicht nach dem Namen, wenn jemand etwas abholt bei uns. Manchmal zeigen die Leute ihre Bescheinigungen vom Amt vor. Wenn jemand hier übernachtet, ist er vollends auf der Straße gelandet. Viele wollen anonym bleiben, und um ihnen das Gefühl zu geben, keine Almosen anzunehmen, müssen sie ein bisschen was bezahlen für die Unterkunft. Was etwas kostet, ist auch etwas wert."

„Der Ellers hat unglaublich dunkle Augen", versuchte Michael eine Beschreibung von Arno, „er hat früher weiß-blonde Haare gehabt, sehr weiche, weibliche Gesichtszüge, und im Verhältnis zum Kopf und zu seinem Kinn einen sehr unmännlichen dünnen Hals. *Schwan* haben s' ihn deswegen geheißen."

„Wenn es kühl ist, kommen alle mit Schals und Tüchern um den Kragen. Aber es kann schon sein, dass der da war. Ein paar Mal, glaub ich. Er hat aber jetzt weniger Haare, als du noch in Erinnerung hast. Er redet kaum und versucht, einem nicht in die Augen zu sehen – vorausgesetzt, wir reden vom selben Mann."

Michaels Puls kam in Gang.

„Wann war er da? Neulich, oder ist's schon länger her?"

Klaus' Frau Heike kam kopfschüttelnd aus der Werkstatt. Mit einem dreckigen Lappen putzte sie sich Schmiere von den Fingern.

„Alles muss man selber machen – oh, hallo Herr Warthens. Was führt Sie zu uns?" Sie schaute ihn prüfend von oben bis unten an. Michael musste dringend was für sein Image tun.

Klaus erklärte ihr, was Michael machte, und beschrieb noch einmal den Mann, der Arno hätte sein können. Mit der flachen Hand schabte Michael über seine Bartstoppeln.

„Übrigens, vor zwei Jahren circa ist er aus der Miller'schen Klinik ausgebüxt. Vielleicht ist er ja damals zu euch gekommen?"

Heike überlegte.

„A blasser Kerl, der einen so schwarz anschaut, wie wenn er gar keine Augen hätt', gell? Ob's der ist, der sich vor ein paar Monaten bei uns bedankt hat? – Ah na, da warst du ja nicht da, Klaus. Es war ein Dienstag oder ein Donnerstag, da ist der Klaus immer schwer eingespannt in der Bank. Also, *falls* es der ist, den ich mein, dann war er im Juni oder Juli da. Er hat nicht viel g'redet. Nur danke, und er tät jetzt nimmer wiederkommen müssen. Recht krank hat er ausgeschaut, aber auch gepflegt und wie neu o'zog'n.“

Klaus schaute seine Frau fragend an.

„... wie neu eingekleidet.“, übersetzte sie ihm.

„Wenn er krank aussah, könnte er dann nicht in ein Krankenhaus gegangen sein?“, spekulierte Michael.

Klaus schüttelte den Kopf.

„Vorübergehend vielleicht. Wenn ein längerer Aufenthalt notwendig wird, veranlassen die Ärzte, die Leute in ein Pflegeheim zu geben. Außerdem ist ja nicht klar, ob er wirklich krank war. Heike sagt doch, er hat nur so ausg'schaut, als ob er kränkeln könnt'.“

Heike bekräftigte das mit einem Nicken.

Hätte. Könnte. Sollte. Michael stolperte von einer Vermutung zur nächsten Annahme. Ob Arno der Konjunktiv persönlich war?

12. KAPITEL

Freitag, 12. Oktober, 09:00 Uhr, das Übliche nach Föhn:
Sauwetter.

ALLMÄHLICH schlich sich die Kälte durch die Wände, als wären sie aus Papier. Michael zog sich eine warme Jacke über und gab *„Heino Zieringer"* in die Suchmaschine ein. Mehr als fünfhundert Treffer erschienen, die meisten mit Hinweisen auf soziale Netzwerke. Er grenzte die Suche ein, indem er den Namen der Stadt Rosenheim eingab. Immer noch 350 Treffer. Alle hatten auf den ersten Blick etwas mit Heinos Tätigkeit als Stadtrat zu tun. Als Eigentümer seines Kaufhauses tauchte er kaum auf. Offenbar wollte er damit im Hintergrund bleiben.

„Ist auch recht", raunzte Michael seinen PC an, „wenn's Gerschtl von allein rollt."

Die meisten Einträge waren Berichte von Ratssitzungen, bei denen Heino was zu sagen gehabt hatte. Die jüngsten handelten freilich von seiner Ermordung. Alle lokalen, aber auch überregionalen Blätter hatten in den letzten Tagen davon berichtet, Onlinezeitungen ebenso wie die Websites von Radiosendern. Gut eine Stunde klickte Michael alles an, was etwas Neues zu bieten hatte. Nichts half weiter. Mehr aus einer Laune heraus gab er alle Namen ein, die er mit seinem Auftrag und seinen eigenen Ermittlungen verband. Claudia Ortosi, Arno Ellers, Heino Zieringer, Markus Haas, Conny Linden, Gerald Miller und Piet Maurer. Heike und Klaus vom *Hilf& Werk* ließ er bewusst aus dem Spiel. Alle Namen zusammen ergaben einen dämlichen Wirrwarr und tausend Seiten.

Wieder probierte er es in Verbindung mit dem Namen *Rosenheim* und *Oberbayern*. Beinahe wäre ihm das berühmte „Bingo!" entschlüpft. Außer Professor Gerald Miller erschienen alle in einem einzigen Ergebnis, in der Chronik des Gymnasiums, die jemand, vielleicht Frau Müller, ins Netz gestellt hatte. Alle Jahrgänge ab 1970 tauchten auf. Manchmal gab es Fotos dazu, manchmal waren kleine Randnotizen vermerkt, Anekdoten oder Einträge von ehemaligen Schülern. Man konnte über eine geschützte Maske einen Beitrag einstellen, der von der Schule geprüft und erst eingefügt wurde, wenn keine schmuddeligen, verletzenden oder extremen Inhalte das verbieten würden.

Nette Idee, dachte Michael. Er suchte die Nummer des Sekretariats heraus und rief an.

„Sekretariat, Müller am Apparat, was kann ich für Sie tun?"

Ist aber aus der Mode gekommen, der Spruch, dachte Michael, und gab sich zu erkennen.

Frau Müller erinnerte sich.

„Ah. Der Terrorist", offenbar hatte sie einen bizarren Humor, „sind Sie schon fündig geworden?"

„Liebe Frau Müller, dann würd' ich doch nicht bei *Ihnen* anrufen."

„Schade.", flachste sie gut gelaunt. Sie lächelte hörbar.

„Ich bin auf die Online-Schulchronik gestoßen. Das

hätten Sie mir aber auch sagen können, wie ich bei Ihnen war.“

Er hörte ein süffisantes Hüsteln.

„Was denken Sie, wo ich hingeklickt hatte, bevor ich Ihnen die Auskunft über Ihren Freund geben konnte.“

„Hm.“ Michael ärgerte sich nur bedingt. „Schön! Aber sagen Sie, wer hat denn die Chronik zusammengestellt, und wer pflegt denn die Mitteilungen von den ehemaligen Schülern und Lehrern ein?“

„Ja, *ich* darf das natürlich alles machen. Habe ja sonst nichts zu tun den ganzen Tag!“ Sie lächelte nicht mehr. „Obwohl“, überlegte sie, „so viel Arbeit ist das auch wieder nicht. Die Jahresberichte am Schuljahresende sind anstrengender. Es prasseln ja nicht gerade Hunderte von Mails herein wegen der alten Jahrgänge. Je weiter zurück – na ja. Außerdem hält sich mehr als die Hälfte bedeckt, weil sie anonym bleiben wollen oder vielleicht gar kein Internet haben. Bis jetzt hab´ ich von sechzig Jahrgängen gerade mal 16 Klassenfotos zusammen.“

„Gut.“ Michael versuchte es anders herum. „Frau Müller, ich kann mir schon denken, dass Sie viel Arbeit haben, und ich halte Sie hier auf mit meinen Fragen.“

„Geht so.“

Jetzt grinste sie sicher wie ein Halloween-Kürbis.

„Dankschön. Dann können Sie mir gewiss auch sagen, ob Sie noch ein Foto von *meiner* Klasse haben. Am besten das Abiturfoto!“

„Zwischen 77 und 80 in der Richtung?“

„Genau, Sie wissen ja, Arno Ellers, ich und so weiter.“

„Ein, zwei allenfalls.“

Michaels Herz schlug höher. Endlich wurde ihm warm in seiner kalten Bude. „Sogar von der Abiturklasse?“

„Mal gucken."

Er hörte Rascheln, Klicken, Kaffeeschlürfen.

„Nein."

„Hat niemand eins zug'schickt, oder gemailt vielleicht?"

„Ich habe schon nachgefragt, aber wissen Sie, ich mache das jetzt seit drei Jahren, weil sich die Direktorin..."

„Dr. Messert."

„... genau, Sie haben ein gutes Gedächtnis. Also, sie hat sich das eingebildet, mit der Chronik im Internet anzufangen, obwohl es ja schon das eine oder andere Jahrbuch als Druckausgabe gibt. Übrigens, von Ihrem Jahrgang nicht, weil die Eltern einer Schülerin Einspruch erhoben hatten, warum auch immer. Jedenfalls gibt's kein Foto von Ihrer Abi-Klasse in einem *gedruckten* Jahrbuch."

Was anderes wäre ja direkt eine Sensation gewesen.

„Aber, Herr Warthens, da ist noch was. Ich weiß, dass die Fotos bei Ihrem Klassentreffen vor zehn Jahren alle vernichtet worden sind. Kann passieren. Merkwürdig ist nur, dass sich neuerdings so viele Leute dafür interessieren."

„Ich, und wer noch?" Michaels Puls kam in Gang.

„Ja, eine Frau, die am Telefon mit so leiser Stimme gesprochen hat, dass ich sie kaum verstanden habe. Sie sei aus dieser Klasse, und sie hätte noch ein Foto, aber sie wollte es behalten, wegen der Erinnerung, und ob jemand anders eins abgegeben hätte. Als ich nein sagte, hat sie einfach aufgelegt."

„Wann war denn das?"

„Nicht lange, bevor Sie aufgetaucht sind. Anfang letzter Woche etwa."

Bestimmt war das Claudia Ortosi. Ganz sicher sogar. Doch Michael war klar, dies musste nichts bedeuten. Sie hatte ja gesagt, bereits alles versucht zu haben, Arno zu finden. Vielleicht wollte sie wissen, ob er ein Foto eingeschickt hatte. Michael hakte nach:

„Liebe Frau Müller, Sie haben gesagt, dass sich *so viele* Leute dafür interessiert haben. Wer denn noch?"

„Ein Kommissar. Hauptkommissar, glaub ich. Gestern war das. Aber das war schon klar. Der ermordete Stadtrat – schrecklich, gell – sagte er, müsste auf dem Foto sein, als er jung war, und wegen der Ermittlungen wäre es wichtig gewesen."

„Hat der Kommissar gesagt, dass er selber auch auf dem Foto sei miassat – sein müsste?"

„Echt? Nein!"

„Und wann hat er danach gefragt?"

„Kurz vor Mittag." Frau Müller klang pikiert.

„Mei, das macht man aber doch nicht!", tat Michael bedauernd.

„Genau! Der hat mich nämlich so lange aufgehalten, dass ich fünfzehn Minuten nach Feierabend ausgestempelt habe. Die Überzeit kann ich jetzt wieder irgendwie rechtfertigen ..."

„Sagen Sie halt die Wahrheit. Die Polizei haben Sie ja schlecht abwimmeln können."

„Da haben *Sie* wieder Recht!"

„Danke übrigens, Sie haben mir sehr geholfen, liebe Frau Müller." Michael schleimte wie eine Nacktschnecke auf der Flucht.

„Wirklich? Danke auch. Schauen Sie mal wieder vorbei?"

Oh. Flirten am Telefon war Michaels Sache nicht.

„Kann schon sein, Frau Müller. Wiederhören – Servus."

Warum hatte Maurer bei Frau Müller nach dem Foto

gefragt? Das meinte der doch nicht wirklich ernst, von wegen „ausgesehen als junger Mann". Das stank doch wie ein Schafscheiß! Oder witterte Piet doch eine Überschneidung mit Arno und ihrer gemeinsamen Schulzeit?

Draußen hörte es auf zu schütten wie aus Kübeln, normaler Dauerregen setzte ein. Kalter Wind blies die Tropfen gegen die Scheiben auf der Westseite. Michael eiste sich vom Computer los und schloss das gekippte Fenster. Eine Polizeisirene und Blaulicht von der Straße her erinnerten ihn daran, dass er lange nichts von den Kriminalern gehört hatte. Ob Piet Maurer ihn bereits als Schuldigen für Heinos Ableben ausschloss? Er warf sich eine warme Jacke über und fuhr zum Polizeipräsidium Süd. Schließlich hatte er als Erstverdächtiger das Recht zu erfahren, ob es bei den Ermittlungen was Neues gab. Piet würde ihm freilich was husten. Der Hauptkommissar hatte gerade noch auf Michael gewartet, einen lästigen Privatschnüffler, der seine Nase in Angelegenheiten steckte, die ihn so gar nichts angingen.

Michael war neugierig – und Piet nicht da. An der Pforte bekam er keine Auskunft. Herr Warthens wolle bitte warten, sagte der Uniformierte hinter dem Panzerglas mit blecherner Stimme ins Mikro. Angeblich hatte Herr Hauptkommissar Maurer ihn sowieso noch einmal sprechen wollen. Zufall, oder Intuition? Michael setzte sich in den Warteraum und beobachtete den Betrieb. Es war Freitagnachmittag. Außer ein paar aufgebrachten Fußballfans, die es wegen einer Zugverspätung nicht mehr zum Freitagsspiel ihrer Mannschaft geschafft und deshalb Bahnpersonal angepöbelt hatten, blieb es ruhig.

Nach einer Viertelstunde betraten Piet Maurer und ein junger Polizist in Uniform das Präsidium. Im ersten Moment übersah Piet seinen Besuch im Warteraum und unterhielt sich unvorsichtig laut mit seinem Kollegen. Das sei nun schneller gegangen als gedacht, sagte er zufrieden, und der solle erstmal schwitzen, bevor sie ihn in die Zange nehmen würden. Jetzt bemerkte Piet seinen ehemaligen Mitschüler und verstummte sofort. Er schaute durch die offene Tür und winkte Michael zu sich.

„Was machst du denn hier? Wir waren gerade bei dir zu Hause.“

„Und ich war nicht daheim.“, vollendete Michael den Satz. „Wie kann ich helfen?“

„Überhaupt nicht!“, raunzte Piet grantig. Sein säuerlicher Blick verriet seine Gedanken: Diese Privaten mussten schließlich keine tausendseitigen Dienstvorschriften beachten, die konnten ermitteln, ohne die Überstunden zu zählen, die nicht bezahlt wurden.

Michael sprach frei heraus:

„Hab´ ich jetzt richtig g’hört, ihr habt Heinos Mörder? Hast mir das bei mir daheim sagen wollen?“

„Wie – *gehört*? Hab´ ich von einem Täter gesprochen?“, wiegelte Piet ab. „Nein, hab ich nicht!“

„Von wem dann? He, ich möcht wissen, ob ich mir noch immer Sorgen machen muss, dass ich verhaftet werde?“

„Wegen Heino sicher nicht!“

Piets brummiger Satz überzeugte Michael kaum.

„Und? Wer war’s, und warum?“

„Du weißt jetzt, dass du nicht mehr unter Verdacht stehst.“ Piet wurde lauter. „Also sei zufrieden und halt dich raus!“

„Ja,ja. Passt schon.“

Piet sollte ruhig merken, dachte Michael, wie wenig ihn seine Drohung berührte.

Kompromiss- und wortlos ließ Piet Michael stehen.

„Komm schon? Wer?", rief ihm Michael hinterher.

Piet zeigte ihm den Vogel.

„Falls er es ist – und das steht noch nicht hundertprozentig fest – dann liest du das in der Zeitung. Tschüss!" Er verschwand hinter einer dicken, vermutlich schalldichten Tür.

Der freitägliche Ausflug hatte sich für Michael trotzdem gelohnt, fand er: Die Polizei hatte ihn nicht mehr auf dem Kieker, bis auf seine gestrige Tempoüberschreitung, und Heinos Tod stand eventuell vor der Aufklärung.

Und Arnos?

Mit keinem Wort hatte Piet etwas von Arnos Todesfall erwähnt. Er musste doch ebenso wie Michael wissen, wer da wirklich in Griesstätt erstochen wurde. Zwei aus ihrer Klasse waren fast zeitgleich einen unnatürlichen Tod gestorben.

Hatte nicht genau das den Hauptkommissar dazu veranlasst, bei Frau Müller nach dem Foto zu fragen?

13. KAPITEL

NOCH AM ABEND brachte die lokale Webzeitung eine erste Meldung, wonach die Polizei von einem überraschend schnellen Ermittlungserfolg im Fall Heino Zieringer ausging. Es erhärtete sich der Verdacht auf Raubmord, nachdem ein polizeibekannter Drogensüchtiger dem Stadtrat nach Mitternacht aufgelauert, ihn vermutlich niedergeschlagen und ausgeraubt hatte. Das Smartphone Zieringers konnte noch gestern problemlos geortet werden. Es steckte in der Jackentasche des Verdächtigen. Die Polizei sprach von einem jämmerlichen Fehler eines unter Drogen stehenden Junkies.

Michael glaubte kein Wort. Nicht, dass er die Möglichkeit eines Raubmords ausschloss. Aber die Art und Weise, wie Heino am Vorabend seines Todes in die Stadt gerauscht war, er die Ratssitzung schwänzte – oder schwänzen musste – war ein Grund, an ein anderes Motiv, vielleicht auch an einen anderen Täter zu glauben. Heino hätte doch an der Sitzung teilgenommen, wenn er nicht kurz zuvor von Michaels Auftrag erfahren hätte! Seine Reaktion darauf war schließlich alles andere als desinteressiert gewesen. Was hatte ihn derart aufgewühlt, dass er dem Bürgermeister anschließend nicht unter die Augen treten wollte? Wo war er wirklich an jenem Abend? Und warum hatte er vor zehn

Jahren eine „Bilderverbrennung" organisiert – auf einem harmlosen Klassentreffen?

Michael glaubte nicht, dass das Abfackeln der Fotos zufällig geschah. Weshalb hatte Heino auf die Einladungen geschrieben, alle sollten ihre mitnehmen? War doch wurscht, ob eines oder alle Fotos auf dem Klassentreffen auftauchten. Waren ja eh alle gleich. Oder doch nicht?

Zu viele unbeantwortete Fragen, fand Michael.

Er brauchte dringend einen freien Kopf und erinnerte sich dran, dass er den bis vor ein paar Monaten oft im „Klosterkeller" bekommen hatte – damals noch mit Sabine. Seit Sabine fort war, hatte Michael keine Lust mehr auf nachtschwarzes Weißbier und das beste „Bifflamot" der Stadt gehabt.

Als Gastwirt einer urbayrischen Wirtschaft entsprach Oscar nicht ganz dem gemütlichen Klischee seines Berufsstands. So wie seine Lederbundhose an ihm schlabberte, glaubte niemand, er wäre selbst sein bester Kunde.

„Servus Ossi."

„Ja der Michi, grüß dich! Ein seltener Gast bist worden! Bist allein?" Er schaute sich um, ob Michael nicht doch jemand mitgebracht hatte.

„Du, die Sabine und ich...", stammelte Michael, „also, des ist nicht mehr gegangen."

„Versteh schon.", sagte Oscar betreten, aber nicht sonderlich überrascht. „Hab's mir schon denkt. Auf einmal seid ihr nicht mehr gekommen. Trotzdem: wie geht's?"

Michael antwortete mit allgemeinen Floskeln und bestellte ein dunkles Weißbier.

„Magst nix zum Essen?", staunte Oscar.

„Bloß was Kleins. Ich hab nicht so viel Geld dabei." Michael war da ehrlich. Oscar würde das verstehen.

„Klar.“

Zehn Minuten später stand ein riesiger Teller mit Spareribs und Pommes vor ihm.

„Passt scho.“, kommentierte Oscar Michaels zweifelnden Blick. Das Mittagsgeschäft war heute nicht so gut gelaufen. Er nahm sich ein wenig Zeit für seinen Gast und erklärte ihm das neue Gericht auf der Karte.

„Ist eine Werbeaktion. Manche Leut' wollen halt lieber so was, als wie was G'scheit's.“

Michael ahnte, mit *was Gescheites* meinte Ossi sein „Boeuf à la mode“ mit Semmelknödeln, oder sein saures Lüngerl mit derselben Beilage.

„Die Sabine“, meinte Oscar bedauernd, „hätt' sich über die Knöcherlstangerl da sicher lustig g'macht. Na ja, vielleicht bist du ja nicht lang allein?“

„Von wegen.“

Michael machte sich an die Rippchen. Er wusste, auch Heino war hier Stammgast gewesen. Zusammen mit Sabine hatte er Heino zwei-, dreimal an einem Tisch am Kamin sitzen sehen, ihn aber nicht gestört. Jedes Mal war der Stadtrat in Begleitung einer anderen jungen Frau gewesen. Der hatte nur Augen für seine hübschen Begleitungen gehabt.

„Ich hätt' da eine Frage, Ossi.“

„Dann frag' doch.“

„Am Dienstagabend, war da der Heino Zieringer da?“

Oscar richtete seinen dürren Oberkörper auf und verschränkte die Arme.

„Öha.“

Die Abwehrhaltung hätte sich Michael eigentlich ausrechnen können, wenn er so direkt einhakte. Schließlich war das Verbrechen am Stadtrat noch immer Tagesgespräch. Er beeilte sich zu erklären, warum er fragte, und was er beruflich trieb.

„Ich hab ihn halt ab und zu gesehen bei dir.“

„Soso, Privatdetektiv bist jetzt. Also, weilst es du bist: Ja. Der war hier. Mich hat eh schon gewundert, dass die Polizei nicht bei mir nachgefragt hat, nachdem er doch am nächsten Tag umbracht worden is.“

„Und du bist nicht von dir aus zur Polizei gegangen?“

„Wieso? Ich hab was Besseres zu tun, als denen die Arbeit zu erleichtern. Mir hilft ja auch kein Oberwachtmeister freiwillig in der Küch‘.“

Michael schmunzelte und wischte sich mit der Serviette die scharfe Soße aus den Mundwinkeln.

„Ist er allein dagewesen?“

„Naa.“

„War er wieder in Gesellschaft von einer für ihn viel zu jungen Maus, oder?“

„Naa.“

Nach einem Moment kapierte Michael die Bedeutung von Oscars zweitem Nein. Letztendlich war das an dem Abend, an dem Heino statt im Wirtshaus beim Bürgermeister sitzen sollte.

„Also war er allein?“

„Du hörst fei nicht besonders gut zu als Detektiv – der Matula kann’s fei besser – ich hab doch gesagt, er war *nicht* allein. Aber nicht mit einer Frau. Ein Mann war mit ihm do.“

„Wie hat denn der ausg’schaut?“

„Hör mal, Michi, es ist ziemlich zugegangen an dem Abend. Wir haben einen sechzigsten Geburtstag dagehabt. Vierzig Leut. Der Zieringer ist so nebenbei mitg’laufen. Ich weiß bloß, der andere hat klappert wie ein Hungerleider.“

Mit der flachen Hand klopfte er feixend auf seinen nicht vorhandenen Bauch. „Wie ich halt. Hat gar nix gegessen, bloß a Apfelschorle getrunken. Die haben a halbe, drei viertel Stunde geredet und sind dann miteinander rausgegangen. Der Zieringer hat nachher ein bisserl g'stresst gewirkt. Aber ich kann mich auch täuschen – magst a Nachspeis?"

Mittlerweile häufte sich ein Skelett von abgenagten Rippchen, wie von Wüstensonne gebleicht, auf Michaels Teller.

„Kann ich mir sicher nicht leisten."

„Doch." Oscar stand auf. „Geht aufs Haus. Auch die Auskunft übrigens."

Warum nur? fragte sich Michael. Oscar brachte ihm einen mit Früchten garnierten Teller mit drei Walnusseiskugeln, die wiederum in einem See von Ahornsirup schwammen. Ein Traum für Michael, der eine Flasche von dem pappigen Zeug auf einmal hätte schlucken können.

Wer könnte der Mann bei Heino am Mittwochabend gewesen sein? War er der wichtige Grund für Heino, die Sitzung zu versäumen?

Und warum verwöhnte ihn Oscar?

„Also, irgendwas bin ich dir doch jetzt schuldig, oder Ossi?"

„Genau." Der Wirt grinste hinterhältig. „Als Gastwirt ist es nie schlecht, gute Beziehungen zu Leut' wie dir zu haben."

„Leut' wie mir?"

„Privatdetektiv. Mal schauen, was du einmal für mich tun kannst, weißt."

Michael wusste nicht recht, ob ihm Barzahlung lieber gewesen wäre. Aber er hatte keine Wahl. Zumindest nicht im Moment. Claudias Scheck ließ noch immer auf sich warten.

14. KAPITEL

Samstag, 13. Oktober, schon mal a...kalt.

AUßER OSSI kannte er nur einen anderen zaundürren Herrn: Piet. Aber als Kripomann schied der als Heinos Begleiter aus. Sicher liefen Dutzende solcher klappernden langen Latten in Rosenheim herum, also war es auch keine zwingende Eigenschaft, nach der er suchen musste.

Claudia Ortosi dagegen hätte er nicht nur gerne gesucht, sondern vor allem *gefunden*. Seine Nachricht musste sie inzwischen gelesen haben, falls sie ihr Postfach geleert hatte. Erneut konnte er sie weder in Suchmaschinen und Online-Personenverzeichnissen, noch im Telefon- oder Adressbuch ausfindig machen.

Die ganze Familie Ortosi war wie weggeputzt von dieser Erde. Sie konnte in einer anderen Stadt wohnen, auf dem Land oder in einem anderen Staat. Ihre Postfachadresse war vielleicht gar keine Art, ihre Anonymität zu wahren. Sie konnte den Briefkasten auch aus Notwendigkeit eingerichtet haben, weil sie sich verfolgt oder bedroht fühlte. Hatte sie dann seinen Brief, seine erste Antwort auf den von Claudia, selbst aus ihrem Fach geholt?

Wenn sie die Industriellentochter war, wie Conny

glaubte, dann ergab die hohe Prämie für seine Arbeit freilich einen Sinn. Sie konnte sich's leisten, und sie hatte einen gewaltigen Anreiz schaffen wollen, dass Michael sich gewiss anstrengte – hatte er, und wenn er Arno auch nur aus Zufall gefunden hatte, hätte er liebend gerne bald das Geld dafür kassiert!

Seine Motivation, den Kurs zum geprüften Detektiv zu belegen, war ja schließlich nicht aus Jux und Tollerei heraus entstanden – sein Hobby war jedenfalls ein völlig anderes … Sabine hatte nicht mehr an ihn geglaubt, Anfang des Jahres, als er seine letzten Ersparnisse in den Kurs gesteckt hatte. Zu viel hatte er in den Sand gesetzt während der zwölf Jahre, die Sabine es mit ihm ausgehalten hatte. Beim Segeln auf der Ostsee, während weit weg davon, beim Klassentreffen, jemand die Fotos abgefackelt hatte, hatte er ihr versprochen, etwas Ordentliches durchzuziehen, sich eine Existenz aufzubauen, eine Familie zu gründen, Vorsorge zu treffen – allein, Sabine hatte keine Geduld mehr mit ihm gehabt. Sie war sagenhafte vierzehn Jahre jünger als er, wollte endlich Kinder, aber kein Leben auf der Basis des Existenzminimums.

Ihre Worte schmerzten Michael noch immer:

„Bringst nichts auf die Reihe, nur Jobs, nix Gescheites, jetzt langt's, von wegen Detektiv, wie dieser Magnum auf Hawaii ganz sicher nicht – weil, zum knallroten Ferrari bringst du's gewiss nicht, höchstens zum bunten Hawaii-Hemd."

Immerhin, dachte Michael selbstbissig, hab ich's zum Smart gebracht. Der war – er konnte es selber nicht anders beschreiben – verwahrlost und innen ein einziger Sauhaufen. Unglaublich, wie viel Abfall in so ein kleines Auto passte! Doch es war Samstag, und am Samstag putzt und wäscht nur ein übrig gebliebener Spießer seinen Wagen. Michael verschob die Angelegenheit auf Montag.

15. KAPITEL

UM AUF ANDERE GEDANKEN zu kommen, schaute er auf Connys Website vorbei. Die knallbunte Aufmachung erschlug ihn fast. Wer immer das Design erstellt hatte, musste eine unglaubliche Sympathie für die Flower-Power-Bewegung gehabt haben. Über die Ränder rankten Blätter und Blüten, jede Unterseite öffnete sich wie ein Blütenkelch und gab den Blick frei auf ein knallig orangefarbenes Universum. In der Rubrik „Über mich" hatte Conny ein Foto von sich eingestellt, das sie in einer Blumenwiese beim Blüten- oder Kräutersammeln zeigte.

Er musste unbedingt herausfinden, welche „Kräuter" das sein konnten und rief sie an, ob er schnell mal vorbeikommen könnte.

Er könne auch *langsam* vorbeikommen, schlug sie vor.

„Ich mach' uns Tee."

Michael überlegte, den Bus zu nehmen, entschloss sich aber dann doch für den Smart. So schlimm konnte Connys Gebräu ja gar nicht sein, dass er fahruntüchtig wurde.

Conny trug ein Kleid, das an ihre Website erinnerte. Total orange. Immerhin zieht sie die Nummer konsequent durch, dachte Michael anerkennend. Ob sie den Grund seines Besuchs in ihrer Kristallkugel gesehen hatte?

„Es gibt was Neues über den *Schwan*, oder?"

„Tatsächlich ja. Stell dir vor, der hat als Obdachloser gelebt. Komisch, was!"

Dass er von Arno in der Vergangenheitsform sprach, schien ihr nicht aufzufallen. Räucherkügelchen würzten die Luft süßlich. Connys Tee schmeckte fast genauso.

Sie nippte an ihrer Tasse.

„Sehr seltsam, ja. Wie kann denn so was passieren? Er war doch damals ein guter Schüler, hatte ein ordentliches Zuhause. Bieder war der schon irgendwie, auch wenn er manchmal recht flegelhaft tat."

„Ich wüsst' nur gern, wo sein tugendhaftes Leben aufgehört hat, und wann er auf der Straße gelandet ist."

„Gar nicht mal *warum*?" Interessiert verfolgte Conny seinen Bewegungen, von einer Hinterbacke auf die andere, Beine ausgestreckt, Beine angezogen – wieder in den Sessel gelümmelt.

Seine legere Körpersprache sollte Lockerheit vortäuschen, was ihm nicht besonders gelang. Krampfhaft hielt er sich an seiner Tasse fest.

„Freilich. Schon auch."

Er nahm einen großen Schluck vom süßen Tee, dessen Rumgehalt Conny diesmal moderat gestaltet hatte.

„Allmählich glaub' ich, dass Claudia Ortosi so sehr am Arno interessiert gewesen ist, weil sie ihm was zu sagen hat. Oder besser *muss*! Was genau, ist mir total schleierhaft. Aber ich glaub', dass damals in der Schule etwas vorgefallen sein muss. Oder nach der Schule, was weiß ich! Jedenfalls ist es so, dass die zwei sich bestimmt schon früher sehr viel näher gekannt haben, als wie man vielleicht meint. Oder glaubst du, Claudia tät plötzlich aus einer Laune raus einen Mann, der ihr jahrelang aus dem Weg gegangen ist, nur um ihn noch einmal zu treffen, suchen für...", jetzt hätte er beinahe seinen Preis verraten, „... an Haufen Geld!"

„Merkwürdig ist das schon", stimmte Conny ihm nachdenklich zu.

Michaels Tasse war leer. Er stellte sie auf das Rattantischchen. Mit befreiten Händen gestikulierte er beim Reden, und bemerkte, wie seine Bewegungen anders verliefen, als er wollte. Doch Hanftee und –rauch? Oder war es das Thema? Oder Conny? Er lachte linkisch, irritiert über sich selbst, verwirrt über die Anziehungskraft, die Conny auf ihn ausübte. Er wusste, der Drang, sie in seine Arme zu schließen, kam sicher nicht vom Tee, sondern ausschließlich aus ihm selbst. Er suchte einen anderen Punkt im Raum, um sich aufs Gespräch zu konzentrieren. Ob er seine Gedanken durch Blicke verraten hatte? An der Wand links von ihm hingen Bilder, vermutlich Aquarelle, Pastellfarben, abstrakt. Von nun an sprach er nur noch zu den darauf dargestellten Figuren.

„Merkwürdig", wiederholte er Connys Bemerkung, „und abstrus. Was aber noch niemand weiß, und das hab ich noch nicht einmal der Polizei verraten, ist, dass der Mord an Heino vermutlich im Zusammenhang mit meiner, oder besser gesagt Claudias Suche nach Arno steht."

Conny richtete sich auf.

„Was? Das ist ja spannend! Wie das denn?" Ihre Wangen röteten sich dermaßen, dass die Sommersprossen darauf verblassten.

Michael sprach noch immer zu den Bildern an der Wand. „Ich war an dem Abend, bevor der Heino ermordet worden ist, beim ihm, beim Heino also. Ich hab ihm gesagt, dass ich den Arno suche. Im Auftrag einer gewissen Claudia – war ja nur der Vorname. Danach ist der Heino nimmer aufgetaucht, das heißt, inzwischen weiß ich, er ist danach noch mit einem Mann zusammen im Klosterkeller gehockt.“

„Beim Oscar?“

„Du kennst ihn?“

„Ich war einmal dort zum Essen. Aber die Karte hat fast nur Fleischgerichte zu bieten.“

„Bist vielleicht eine Vegetarierin?“

„Beim Essen, ja.“

Die Zweideutigkeit haute Michael fast um. Nein, er würde das Gespräch nicht in die Richtung lenken, die sie wahrscheinlich näher gebracht hätte.

„Gut. Jetzt frag ich dich, warum fährt einer, der grad von meinem Auftrag erfahren hat, nicht zu seiner wichtigen Stadtratssitzung, sondern zieht derweil mit einem Kerl in eine Wirtschaft, und danach liegt er bis in der Früh tot im Bacherl? Aus die Maus.“

Conny schmunzelte über Michaels Ausdrucksweise.

„Könnte zusammenpassen. Und wer war der Mann, mit dem Heino im Klosterkeller war?“

„Wenn’s stimmt, was ich eigentlich nicht glauben kann, ein dünner Antialkoholiker hat der Ossi gesagt, könnt’ es sogar der Piet Maurer gewesen sein.“ Eigentlich hatte er ihn ausgeschlossen, aber je länger er darüber nachdachte, desto wahrscheinlicher passte Piet ins Bild. Damit bliebe wieder alles in einer Familie – Klasse 13b.

Nur kurz musste Conny über den Namen grübeln.

„Piet? Piet Maurer? Der war doch...“

„Genau. In der letzten Reihe gesessen. Aber verstecken hat er sich doch nicht immer können. Jetzt ist er weiter vorn als Kriminalhauptkommissar und hat mich in Verdacht g’habt.“

„Dich?“

„Mhm. Aber, als ich bei ihm die Namen vom Arno und von der Claudia erwähnt hab, hat er irgendwie abgeschaltet. Als wäre ihm was eingefallen. Er hat mich gleich gehen lassen – also, wenn er das wirklich war mit'm Heino im Klosterkeller, dann hätte ja *er* ihn zuletzt gesehen."

Conny beugte sich über den Tisch und legte ihre warme Hand auf Michaels Knie. Freundschaftlich.

„So, und jetzt schreibst du ihm anonym einen Brief, was du vermutest, und zwar so, dass er glaubt, du weißt das sicher, und verabredest dich mit ihm, nur um mit ihm zu reden. Wenn er kommt, dann war er tatsächlich der Mann in Heinos Begleitung. Was natürlich wieder Fragen aufwirft...!"

Fantastisch, jubelte Michael innerlich, Conny spielte mit! Er legt seine heiße Hand auf ihre. So nah war ihr Gesicht seit über dreißig Jahren nicht mehr an seinem. Ihr Atem strich über seine Haut.

„Ist schon recht, aber ich weiß dann immer noch nicht, was mit'm Arno passiert is." Mit dieser Formulierung verriet er die Wahrheit wenigstens nicht ganz. Er ächzte wie unter großen Schmerzen.

„Mit einem Foto wär's halt leichter, weil ich glaube, dass auf dem Abiturfoto was drauf ist, was irgendwas aussagt über Claudia und den *Schwan*."

„Du, mir ist da gerade was eingefallen." Conny zog ihre Hand wieder zurück. „Der Fotograf, der damals die Fotos machte, könnte doch noch einen Abzug in seinem Archiv haben. Vielleicht weiß die Schule, wer das war."

„Frau Müller."

„?"

„Vom Sekretariat."

„Ach so."

Sie verabredeten, Michael würde das mit der Nachricht an Piet durchziehen. Conny sagte, sie freue sich darauf, Michael bald wiederzusehen. An der Haustür fiel ihm ein, was er vergessen hatte: „Du könntest mir doch Karten legen, ob ich meine Prämie kriege, und ob ich die Wahrheit rausfinde."

„Oh nein", sagte sie ernst, „wir kennen uns eigentlich schon zu gut. Du bekämst keine objektiven Antworten von mir."

„Ich hab gedacht, so was wär' eh äußerst subjektiv?"

„Eben." Sie nahm seine Hand und hielt sie einen Augenblick lang sehr fest. „Du machst deine Sache schon gut." Sie drückte ihm einen Kuss seitlich auf die Bartstoppeln. „Übrigens, du musst nicht lange drüber brüten, was im Tee war. Nur Früchte und Lindenblüten."

Na, das sagt s' jetzt halt so, dachte er.

Er adressierte den Umschlag an KHK P. Maurer und warf ihn, ohne Absender aber getarnt mit einer Baseballmütze und aufgeschlagenem Kragen, persönlich in den Briefkasten des Polizeipräsidiums Süd. In seiner spinatgrünen Jacke fiel er vor der gleichfarbigen Fassade kaum auf, selbst wenn ihn eine Kamera erfasst haben sollte.

16. KAPITEL

Montag, 15. Oktober. Leichter Nachtfrost.

Wenn man einen Fisch fangen will, braucht man einen Köder. In diesem Fall *hing* der nicht an einem Haken, der *hatte* einen. Wenn Piet außer seinen jetzigen Ermittlungen nichts mit Heino am Hut hatte, konnte er den anonymen Briefschreiber, ergo Michael, ohne weiteres festnehmen lassen. Wegen versuchter Erpressung. Michael hatte Piet in seinem Brief mit der Schilderung, er habe ihn zusammen mit Heino in der Nacht seines Todes gesehen, zum Anbeißen bei einem persönlichen Treffen locken wollen. Der Verfasser wüsste, warum Piet Heino getötet habe. Treffpunkt sollte heute Abend eine dunkle Ecke an der Pfarrkirche St. Nikolaus sein. Drei viertel elf, pünktlich. Michael hatte nicht vor, Piet wirklich anzusprechen. Es ging ihm nur darum, ob Piet ihm auf den Leim ging, wie Conny ihm vorgeschlagen hatte.

Die Kirchturmuhr schlug dreimal. Piet sollte eigentlich pünktlich sein, hoffte Michael. Als Beamter. Die Zeit wurde knapp. Um 23 Uhr wurde die Kirche verschlossen.

Aus den Gullydeckeln dampften weiße, übelriechende Schwaden. Wenige Leute klapperten um diese Zeit über das Kopfsteinpflaster vorbei. Als Durchgang zu den

Nachtlokalen war die Gasse nicht besonders geeignet. Sie war eine Verbindung von der Kirche über den kleinen Ludwigsplatz hinüber zum Stadtmuseum und zum großen Max-Josefs-Platz. Im Schatten der Kirche gegenüber lagen der Eingang zum Tagescafé Wieht, und ein paar Meter weiter rechts davon der zu einem Friseurladen. Allenfalls das eine oder andere Knutschpärchen dürfte sich in die finsteren Winkel des Gässchens verziehen. Wenigstens war das mal so, als Michael sich noch auf „Hasenjagd" in der Stadt herumgetrieben hatte.

Michael hatte sich zur Tarnung schwarz angezogen und für alle Fälle die Walther eingesteckt. Aus nächster Nähe abgefeuert, aber nur dann, konnte die ansonsten harmlose Schreckschusspistole erhebliche Verletzungen hervorrufen. Zur visuellen Abschreckung diente sie allemal. Michael, der anonyme Briefschreiber, hatte Piet vorgeschlagen, für ein „informatives Gespräch" allein zum Treffpunkt zu kommen, verdeckt am Eingang des nachts geschlossenen Cafés. Die Pforte lag strategisch günstig zwischen einem Hauseck und dem Friseurladen, dunkel wie eine finstere, mondlose Nacht. Und dann war da noch eine kleine Überraschung am Café …

Michael duckte sich gegenüber in den Seiteneingang der Kirche. Wenn der womöglich völlig unschuldige Piet in Begleitung von einem Dutzend Kollegen angerückt wäre, hätte Michael sich in die Kirche geflüchtet. Er wollte es natürlich nicht darauf ankommen lassen, seine Beine in die Hand nehmen zu müssen.

Vom Ludwigsplatz her schlich jemand in seine Richtung. Undeutlich wie ein Schatten, doch mit augenfällig schlanker Figur. Zaundürr. Noch konnte Michael das Gesicht nicht sehen. Sein Puls legte einen Zahn zu. Wenn das wirklich Piet war und der ihn erkannte, hatte er einen inoffiziellen Erzfeind bei der Polizei.

Michael presste sich in die dunkelste Nische des Portals. Die schwere, eisenbeschlagene Tür war nicht ganz geschlossen und klackte, wenn er dagegen drückte. Der Spalt ließ einen wohlriechenden Duft von Weihrauch und Wachskerzen ins Freie, der sich mit dem aus den Gullys mischte. Michaels Nase spielte ihm einen Streich und begann zu jucken. Der hagere Kerl kam langsam näher. Allein! Er schlich nah am Friseurladen vorbei und sah sich ein paar Mal um. Mehr konnte Michael nicht erkennen. Er traute sich kaum zu atmen in seinem Versteck und hielt sich die Nase zu. In diesem Moment sprang gegenüber der Strahler an. Treffer! Der Mann hatte den Bewegungsmelder am Café ausgelöst, genau wie Michael das einkalkuliert hatte. Für einen Moment stand Piet voll im Spot. Ja, er war es!

Das Streulicht der Anlage aber glimmerte schwach über die Gasse hinweg bis zur Kirchenmauer. Bis zum Portal. Michael riss die Tür zur Kirche auf und rannte los. Ob Piet ihn erkannt hatte? Egal, noch war das Kirchenschiff beleuchtet. Die Turmglocke hatte noch nicht zur vollen Stunde geschlagen. Die Kerzenflammen auf den Opferstöcken flackerten. Michael stolperte über die letzte Bankreihe, eine hohe Männerstimme rief: „Hallo, Sie da! Die Kirch' wird fei gleich zug'sperrt!" … sperrt, … sperrt, hallte es nach. Michael versuchte, statt verdächtig schnell zu laufen, einfach flott zu gehen. War Piet ihm gefolgt? Der Ausgang auf der anderen Seite führte auf den Kirchplatz. Michael verschnaufte kurz und sah sich um. Piet kam ihm anscheinend nicht nach, um zu sehen, wer ihn da buchstäblich hinters, oder besser *ins* Licht geführt hatte.

Erleichtert schlug Michael den Weg zur Königstraße ein, die vom Ludwigsplatz aus, am Rathaus vorbei stadtauswärts führte. Hatte Piet ihn nur deshalb nicht verfolgt, weil er Michael sowieso erkannt hatte?

Die restliche Nacht über besaß Michaels Schlaf schlechte Karten. Die Gewissheit, Piet hatte wirklich was mit Heinos letzten Stunden und sogar mit seinem letzten Stündlein zu tun, befriedigte ihn nicht recht. Die Spucke in der Suppe war seine eigene Sorge, von Piet erkannt worden zu sein. Stümper – er hätte doch lieber Bankkaufmann werden sollen! Mit dem Gedanken knackte er weg.

Trio

Der dürre Kerl läuft im Sport allen davon. Er ist einer der wenigen Freunde des Jungen, den sie Schwan nennen. Gemeinsam mit dem fülligen Sohn des Kaufhausbesitzers bilden sie ein merkwürdiges Trio – Schönling, Sportskanone, Dickerchen. Sie sind wer, wenn sie zusammen sind. Keiner traut sich, den einen „Mädel" zu nennen, den anderen „Knochi" und den dritten „Speckknödel". Zumindest nicht laut.

Der dicke Junge wird in der Elften Klassensprecher, weil er sich gut ausdrücken kann und bei den Lehrern einen Stein im Brett hat – das Kollegium genießt inoffiziell Rabatt im Kaufhaus seines Vaters.

Obwohl in Rosenheim Eishockey in aller Munde ist, versucht sich der dünne Läufer in einer Fußballmannschaft und animiert den blonden Schönling dazu, ebenfalls zu kicken. Der Schwan trainiert mit, wird aber nie eingesetzt. Nach ein paar Monaten ist Schluss mit dem runden Leder. Der Trainer äußert sich über die Leistungen des Schwans mit dem Satz: „Versuch's mal bei den Weibern." Frauen dürfen in Deutschland erst seit ein paar Jahren offiziell Fußball spielen, was laut Trainer ein Hohn und Frevel an der Gesellschaft sein soll. Trotzdem empfiehlt er dem Schönen, es bei den Mädchen zu versuchen. Der Junge gibt auf. Sein dünner Freund verlässt aus Solidarität ebenfalls den Club und geht zur Leichtathletik. Langstrecke.

Sie erzählen den Vorfall ihrem dicken Kumpel. In der Folge muss der Wagen des Trainers, ein alter, rostiger Opel Kadett, häufiger in die Werkstatt als sowieso. Eines Tages ist der Innenraum mit dem Inhalt aus einem

Güllewagen vollgepumpt, und alle vier Reifen sind platt. Niemand weiß, wer dahintersteckt.

Der Trainer steigt um auf VW-Käfer. Nur ein einziges Mal hat er damit ein Problem. Eine rohe Kartoffel war ins Auspuffrohr gehämmert worden. Von nun an hat er wieder eine gute Fahrt.

Es sind große Ferien.

17. KAPITEL

Dienstag, 16. Oktober, mal wieder trüb durch Hochnebel.

FRAU MÜLLER hörte sich genervt an. Nicht, weil sie schon wieder Michaels Stimme hörte. Es war gerade große Pause, und die meisten Schüler blieben wegen der feuchten Kälte drinnen auf den Gängen und machten einen Höllenlärm, der durchs Telefon deutlich zu hören war.

Michael verkaufte Frau Müller Connys Idee, den Fotografen der Abiturklasse herauszufinden, als die seine. Damit kam er auffallend gut bei ihr an.

„Super", strahlte sie, „wenn der Fotofuzzi noch lebt, und wenn er tatsächlich archivierte, dann hätte ich die fehlende Aufnahme für die Chronik." Sie überlegte, die Direktorin würde sie dabei unterstützen, weil es doch ihre Idee mit der Online-Schulchronik war. Sie wollte sich gleich – nein *sofort* darum kümmern.

„Tschüssili."

Fünfzehn Minuten später rief sie Michael aufgeregt zurück.

„Stellen Sie sich vor, Studienrat Oster weiß, wer in den Siebzigern und Achtzigern die Klassenfotos geschossen hat. Kennen Sie das kleine Fotostudio Rippel?"

Michael glaubte, sich zu erinnern.

„Der Sohn hat es von seinem Vater übernommen. Und der Vater machte damals die Aufnahmen. Ich habe dort angerufen, und der alte Rippel mischt noch mit im Fotoladen.“

„Sehr gut, Frau Müller. Dankeschön! Wissen Sie was, ich mach mich sofort auf die Socken. Sie sind die Erste, die's erfährt, wenn ich was derreiß'.“

„Bitte?“

„… wenn ich Erfolg habe!“

„Ach so. Ich habe auch nichts anderes erwartet. Tschau!“

Der Fotoladen war einer der ältesten in der Stadt. Als Familienbetrieb hatten die Rippels sich durchgebissen und den neuen, elektronischen Fototechniken und der zahlreichen Konkurrenz getrotzt. Digital bearbeitete Porträt-Aufnahmen, die per E-Mail an die Kunden verschickt wurden, standen ebenso auf dem Programm wie Hochzeitsfotografie und die üblichen Pass- und Bewerbungsfotos.

Als Besonderheit galt Rippels Ruf, Fotos seit der ersten Generation aufbewahrt zu haben, wobei manchmal sogar das Stadtmuseum und das Stadtarchiv auf die kleine Firma zurückgriffen – für historische Aufnahmen natürlich. Leider mache man seit Jahren keine Klassenfotos an den Schulen mehr, weil da allenfalls die Billigen am Werk seien, nicht die Preiswerten.

Das alles erfuhr Michael vom 83-jährigen Rippel, nachdem er sein Anliegen vorgebracht hatte. Er war genau richtig. Conny hatte also zum zweiten Mal eine Volltrefferidee gehabt.

Gustav Rippel führte ihn in ein dusteres Kellergewölbe unter dem Laden, das gut und gerne als unheimlich durchging. Regale standen, wie es sich für ein Archiv gehört, in Reih und Glied aneinander. Die Beleuchtung sprang an, als Herr Rippel einen Drehschalter aus Bakelit betätigte, der heute zweifellos nicht mehr zulässig war und gewiss noch aus der Zeit vor dem Krieg stammte. So weit wollte Michael natürlich nicht zurück schauen. Aber gejuckt hätte es ihn schon.

„Was war das Jahr doch gleich?", fragte der schlecht hörende Rippel nach.

Michael nannte ihm das Abschlussjahr und die Schule.

„Ah, das ist weiter hinten." Herr Rippel schlurfte in dunklere Gefilde und legte einen weiteren Drehschalter um. Der brummte verdächtig laut, hielt aber durch.

So weit hinten? Wenn die Fotos am Eingang zum Keller die jüngsten waren – dort lagerten die neueren CDs – ging es hier immer tiefer in die Vergangenheit. Michael atmete die trockene, kühle Luft tief ein und aus. Er staunte, wie weit sie in den Keller vordringen mussten, bis Rippel das richtige Regal gefunden hatte. Nein, *so* alt war er dann doch nicht – immerhin noch ein UHU, ein „Unter Hundertjähriger". Was sollte der alte Rippel da erst sagen … er sagte: „Hier. 1979. Euer Gymnasium war ein guter Kunde. Direktor Klausen damals, der hat noch Wert auf Qualität g'legt."

Michael fuhr zusammen. Klausen, der Direx, den sie wegen seiner Bissigkeit auch schon mal *T.-Rex* genannt hatten. Der hatte ihn unter vier Augen zusammengestaucht wie einen Wagen in der Schrottpresse, weil er auf die Wiederholung des Abis verzichtet hatte. Natürlich hatte er recht gehabt – aus heutiger Sicht, dachte Michael. Er dankte

Herrn Rippel senior für die Aufnahme, auf der er hier unten im Funzellicht nicht viel erkennen konnte.

„No jetzt", krächzte Herr Rippel mit seiner asthmatischen Stimme, „nix zu danken. Mein Bua macht Ihnen Kopien, soviel S' wollen, ein Fuchzgerl pro Stück, oder vom Original-Film, dann aber fünf Markl – ah, Euro pro Nachentwicklung. Ja mei, umsonst ist der Tod, und der kost's Leben."

Michael ließ sich zehn Kopien anfertigen, für alle Fälle. Auf die Originalabzüge verzichtete er. Nicht, weil sie teurer waren. Man konnte auch auf den Kopien scharf erkennen, was drauf war – und was nicht.

18. KAPITEL

FRAU MÜLLER lächelte Michael entzückt an. Ihn wiederzusehen, bereitete ihr offensichtlich große Freude, ein Phänomen, dem Michael in letzter Zeit nicht allzu oft ausgesetzt war. Außer bei Conny, hoffte er.

„Na, da haben wir doch ein Schnäppchen für's Direktorchen", amüsierte sich Frau Müller. „Die wird sich freuen über den *missing link* – einfügen kann *ich* den wieder." Sie fragte, was sie, oder besser die Schule, ihm schulde. Michael wackelte mit dem Kopf. „Nix. Geht auf die Firma."

„Schade, ich dachte, ich dürfte Sie mal zu einem Kaffee einladen?"

Michael schluckte.

„Ach, danke. Sehr nett. Aber ich glaube, der vom Schulkiosk ist nicht mein Geschmack. Ich trinke sowieso lieber Tee."

Unbeirrt lächelte Frau Müller. Sie war sicher fünf Jahre älter als Michael, wirkte aber durch ihre flotte Aufmachung sehr viel jünger und kokettierte offen damit.

„Och, Mister Warthens, Sie enttäuschen mich."

„Wegen dem Tee?"

„Wegen der verpassten Gelegenheit, mal nicht allein ins Café Bergmeier zu kommen." Bergmeier war eines der bekanntesten und traditionsreichsten Kaffeehäuser der

Stadt. „Es gibt auch Tee dort."

„Hab ich Bedenkzeit?"

Frau Müller lachte.

„Aber keine allzu lange", drohte sie mit dem Zeigefinger.

19. KAPITEL

CONNY HATTE offenbar Kundschaft. Ein Schild hing an der Haustür: Besucher und Klienten müssen sich bitte bis nach 15 Uhr gedulden.

Michael hatte also eine Stunde Zeit, bevor er Conny das Foto zeigen konnte. Er fuhr nach Hause und schlug drei Eier in eine Pfanne, in der Hoffnung, sie verwandelten sich zu Spiegeleiern. In der Zwischenzeit steckte er die Kopien in einen Aktendeckel und legte sie in die Schreibtischschublade. Je eine Aufnahme behielt er für Conny und Klopfer.

Je länger er sich in die Lage von damals hineinversetzte, desto mehr wunderte er sich, dass überhaupt ein Foto gemacht worden war. Eigentlich hätte auch Michael dabei sein müssen, aber nach seinem Fauxpas bei Schulleiter Klausen hatte er sich nicht mehr blicken lassen.

In dem Moment, als er die Eier aus der Pfanne holen wollte, klingelte das Telefon. Rippel junior – der war auch schon an die Sechzig – wollte ihn sprechen.

„Ich dachte, ich ruf Sie einfach mal an, weil meinem Vater noch was eingefallen ist zu Ihrem Foto. Wissen S', der ist nimmer so schnell im Denken, aber weil Sie sich so für die Aufnahme interessiert haben, sind ihm vorhin die Umstände, wie es entstanden ist, wieder eingefallen. Wir haben deswegen über Ihre Schule geredet – also ich war da ja nicht, sondern auf der Realschule – aber mein Vater hat gesagt, dass er die Aufnahme gar nicht mehr hat machen wollen.“

„Was war denn anders?“ Michael hatte wirklich keine Ahnung, wovon der Rippel redete.

„Der Zeitpunkt. Normalerweise sind die Termine für Klassenfotos auf den vorletzten oder letzten Schultag gelegt worden, auf jeden Fall in die letzte Woch’ vor den Ferien. ’79 haben die Abiturklassen grad ihren Abschlussball Anfang Juli hinter sich gehabt, als der Fototermin am nächsten Tag stattfinden sollte. Eine saublöde Planung, wenn man bedenkt, wie die’s haben krachen lassen auf dem Ball.“

Michael erinnerte sich. Auf der Fete hatte er allerdings nur Augen für Conny gehabt. Was sonst um ihn herum vorgegangen war, versteckte sich hinter einer himmelblauen Wand aus Verklärtheit und auch Vergessen.

„Da haben so viele Abiturienten gefehlt, dass ein Foto zunächst gar keinen Sinn gemacht hätte. Der Direktor Klausen war dermaßen sauer, dass er den Termin nachholen hat lassen. Der hat immer großen Wert auf eine Fotodokumentation seiner Abiturklassen gelegt. Na, war ja selber schuld, wenn er den Termin gar so vergeigt. Hätt’ sich ja denken können, dass in der Früh nach so einer Fete niemand drauf scharf ist, abgelichtet zu werden. Die haben doch alle verpennt und haben daheim ihre saubern Katerchen auskuriert – Entschuldigung, dass ich Ihnen da fei nicht zu nahe trete...“

Michael lächelte über Rippels vorsichtige Formulierung und beschwichtigte dessen Bedenken.

Der Fotograf atmete hörbar durch und berichtete weiter: „Der Nachholtermin war dann am allerletzten Schultag. Bloß ein paar waren da nicht dabei, aber nicht so dermaßen viele, wie am Tag nach dem Ball. Der Direktor war halbwegs zufrieden. Das war das einzige Mal, dass mein Vater so einen Zirkus wegen eines Klassenfotos durchmachen hat müssen. Ich hab mir nur denkt, das tät Sie interessieren."

„Aber hallo, freilich! Vielen Dank, Herr Rippel – und einen ganz lieben Gruß an Ihren Vater!"

Michael musste die Nachricht erst verdauen. Ganz sicher hatte mehr als die Hälfte der Klasse alkoholbedingt beim ersten Termin gefehlt. Beim zweiten, das dokumentierte das Foto, fehlten (neben Michael): Claudia, Arno, Heino und Piet. Und zwar nur die vier! Das konnte doch kein Zufall sein, dass Michael nun über dreißig Jahre später es genau mit diesem Glückskleeblatt zu tun hatte. Und zwei davon fehlten nun für immer!

Aus der Küche kam ein alarmierender Geruch. Die Spiegeleier waren eine Fusion mit der Bratpfanne eingegangen.

20. KAPITEL

UM KURZ NACH drei Uhr hatte Conny wieder Sprechstunde für Michael.

„Hast du einen Kunden gehabt?", erkundigte er sich.

Conny schaute ihn konsterniert an.

„Weißt du echt nicht, wo ich gewesen sein könnte?"

„Du warst gar nicht daheim?", wunderte sich Michael. „Machst du auch Hausbesuche?"

„Nein, aber auf Heinos Beerdigung war ich! Außer dir war schließlich die halbe Stadt auf dem Friedhof."

Das war ihm aber jetzt so was von peinlich. Wie konnte er nur Heinos Beisetzung verschwitzen! Da hätte er aufschlussreiche Beobachtungen machen können, in den Gesichtern der Anwesenden lesen, sehen, wen er davon kannte! Lange kaute er auf einem von Connys selbst gebackenen Keksen herum.

„Okay. Ich hab's vergessen. Aber bloß, weil ich anderweitig beschäftigt gewesen bin."

Schon beim Aussprechen merkte er, wie schwach die Ausrede rüberkam. Conny zog eine Schnute.

„Muss ja sehr wichtig gewesen sein. "

Wortlos legte er eins der Fotos auf den Rattantisch.

„Unsere Abi-Klasse!", staunte Conny. „Vom Fotografen, oder?"

„Genau." Er zeigte ihr, was ihm aufgefallen war. „Weißt du noch, warum die vier gefehlt haben?"

„Fünf", korrigierte Conny, „du warst ja auch nicht dabei – warum eigentlich?"

Michael hustete. Er hatte einen Kekskrümel in den falschen Hals bekommen.

„Tee?", schlug Conny vor. Er schüttelte den Kopf.

„Danke, geht schon."

„Also?"

„Ja mei, du weißt doch, dass ich als Einziger 's Abi vergeigt hab. Auf dem Ball bist mir dann du – ich sag einmal: *aufgefallen* – aber dann sind so viele andere um dich rumgestanden…"

„Ja, ich weiß um meinen anrüchigen Ruf damals. Hat Spaß gemacht, alle zu veräppeln."

„Jedenfalls hab ich am nächsten Tag einen saumäßig wilden Streit mit dem Direx gehabt. Ich hab Kopfweh gehabt von der Fete, und er, der T-Rex, war sauer, weil so viele Weicheier blaugemacht haben, und deswegen hat er den Fototermin verschoben – hat sich der Rippel, der Fotograf, dran erinnert. "

„Und an dem Nachholtermin hast du dann schmollend gefehlt, ich weiß schon noch. War schade."

„Und Arno, Piet, Heino und Claudia – seltsam, oder!"

„Schon, ja."

„Zwei Tage später haben wir uns dann am See getroffen, weil du mich angerufen hast – bis heut weiß ich noch nicht, warum?"

Wurde Conny vor Verlegenheit oder Zorn so rot?

„Wirklich nicht? Denk mal nach! Der Rest ist eh Geschichte", übersprang sie alle weiter zurückliegenden Gedanken.

Ob sich die Geschichte wiederholte?

Michael zog sich aus der Affäre, indem er rasch auf das Foto zurückkam.

„Was fang ich jetzt an mit der Erkenntnis, dass die blaug'macht haben beim Fotografieren?"

„He, *du* bist der Detektiv!" Conny hielt ihm den Teller mit Keksen hin. „Vielleicht fragst du Klopfer, ob der was weiß – oder gleich deine Claudia."

„Auch *he*! Sie ist nicht *meine* Claudia!" Er schnappte sich einen von den braunen Talern. Mit der anderen Hand fischte er sein Handy aus der Hosentasche und wählte Klopfers Nummer.

„Hallo Markus!"

Der wusste auch nicht, wer wann und vor allem warum gefehlt hatte. Zu der Zeit hätten sie schließlich nicht den Tunnelblick auf ausgerechnet die vier gehabt. Da fehlten halt welche, völlig unabhängig von irgendwelchen Spekulationen, sie könnten etwas miteinander zu tun haben. Und außerdem:

„Wie gesagt, du fehlst ja auch, Mike?"

Connys Kekse schmeckten mit jedem Bissen besser. Michaels Stimmung dagegen lag im Koma. Er ärgerte sich, weil er auf der Stelle trat. Nach dem vierten Keks wurde er gesprächiger.

„Ich glaub', ich gebe auf. Ich hätt' doch nur den Arno finden sollen, mehr nicht!"

„Du bist noch nicht sehr lange in dem Job, oder?"

Er erzählte ihr, wie es zur „Detektei Warthens" kam, dass er einige andere Berufsversuche zuvor versiebt, aber nicht, dass er deswegen Sabine verloren hatte.

Conny sah besorgt aus.

„Eben. Du wirst doch nicht schon wieder hinschmeißen!" Sie sah ihn herausfordernd an. „Was bist du eigentlich für ein Sternzeichen?"

„Widder."

„Siehst du, dann gibt's sowieso kein Aufgeben. Widder sind stur und hartnäckig. Glaub mir, bei mir war's ähnlich, bin auf der Stelle getreten, nachdem mein Sohn ausgezogen ist…"

Sie hatte einen Sohn! Michaels Stimmung sackte wieder ab.

„… mein Lebensgefährte eine nach der anderen hatte. Aber dann wusste ich, was ich wirklich wollte, hab's durchgezogen – und hier bin ich!" Sie kicherte albern.

„Wie alt ist denn dein Junge?"

„Vierundzwanzig. Wir sehen uns nicht so oft. Er studiert in München."

Für einen Moment war er sprachlos. Na klar, der Junge war längst erwachsen. Viel zu gern vergaß er, wie die Jahre vorbeigeflogen waren. „Aha."

„Was ist? Noch einen Keks?"

„Lieber was zu trinken."

Sie presste eine Orange aus und mischte Wasser dazu. „Also, machst du weiter?"

Michael wiegte seinen Kopf hin und her.

„Weißt du, warum ich selten was kontinuierlich durchgezogen hab? Es liegt daran, dass ich mich immer wieder für was Neues interessiert hab, das eine Zeit lang ausprobiert und wieder fallen gelassen hab, wie a neues Spielzeug, das bald wieder in irgendeiner Ecke landet."

„Ich weiß, für ein Kind ist das sicher richtig, immer wieder was ausprobieren, austesten und erkunden, was man will und kann. Später musst du dich halt mal für was entscheiden."

„Dann glaub' ich, bin ich immer ein Kind geblieben."
Conny lachte.

„Schau mal in den Spiegel!"

„Freilich mach ich jetzt weiter. Was bleibt mir anderes übrig?" Vor seinen Augen tanzten Sterne. Die Aquarelle an Connys Wänden bewegten sich. Er nahm lieber keinen Keks mehr.

„Was machst du eigentlich, wenn du nicht an einem Auftrag arbeitest?", fragte Conny ihn unvermittelt. „Du wirst doch nicht nur *ermitteln*, oder?"

Michael lächelte geheimnisvoll.

„So was wie ein Hobby, meinst du? "

Conny schaute ihn gespannt an.

„Wenn einmal Zeit ist, verrat ich's dir."

21. KAPITEL

DIE BIZARRE WIRKUNG der Kekse ließ zu Hause schnell nach. Sein Briefkasten quoll über vor Werbung. Beinahe hätte er einen Brief vom Ordnungsamt zwischen den bunten Prospekten in den Papiercontainer befördert. Zwanzig Euro für eine Geschwindigkeitsüberschreitung in der Dreißigerzone sollte er überweisen. Also war er doch nicht so brutal schnell gewesen wie befürchtet. Ob er das Geld nachträglich auf Claudias Spesenrechnung setzen sollte? Diese Entscheidung verschob er auf den nächsten Tag. Von Claudia war in seiner Post wieder nichts dabei. Lange würde er nicht mehr auf ihre Nachricht und sein Geld warten können. Conny hatte zwar gesagt, Widder seien stur und hartnäckig. Doch war das wieder nur so ein Klischee, fand er, noch dazu eines, das auf ihn kaum zutraf. Andererseits, wäre Sabine dann nicht noch bei ihm, wenn er nicht alle Jahre wieder einen Job geschmissen hätte, nur weil er sich von Chefs nichts sagen lassen wollte?

Ein Widder trampelt eben sehr lange sehr viel Gras nieder, bis er auf der Weide ankommt, wo er das beste Futter findet. Vielleicht stimmte das ja doch mit den Sternbildern.

22. KAPITEL

Mittwoch, 17. Oktober, herbstlaunig.

ER BRAUCHTE Antworten auf seine Fragen, und Piet war der einzige, der dafür zur Verfügung stand.

Hauptkommissar Maurer war an diesem Vormittag mal wieder nicht im Präsidium anzutreffen. Erst als Michael dem Pfortenbeamten erklärte, es ginge um Heino Zieringer – und zwar dringend – telefonierte der Mann hinter der kugelsicheren Scheibe eifrig, und dann war Maurer plötzlich doch in seinem Büro.

„Was gibt es, Mike?" Piet versuchte ein Lächeln. Hatte er Michael vorgestern an der Kirche doch nicht erkannt?

„Fragen, Piet. Bloß offene Fragen. Hat sich der Verdacht bestätigt, ein Drogensüchtiger hätt´ den Heino umbracht?"

Wieder misslang Piet ein Lächeln. Seine Mundwinkel zuckten nervös. Verständlich, denn er war ein gestresster Beamter, dem Vorgesetzte im Nacken saßen.

Er konterte: „Ich dachte, du hättest Informationen für *mich*!"

„Ach geh. Wieso?"

„Unsere Ermittlungen gehen dich nichts an, Mike. *Wir* sind die Polizei."

„Und ich bin ein Steuerzahler, der einmal mit einem zukünftigen Kriminalbeamten zur Schule gegangen ist, dem ein gemeinsamer Schulspezi weggemordet worden ist, und der von einer Schulfreundin gebeten wurde, einen anderen Schulfreund zu finden – der genauso unnatürlich ins Gras bissen hat. Und genau wir alle fünf fehlen auf'm Abschlussfoto unserer Abiklasse. Warum ich nicht da war, weiß ich. Aber warum Claudia, Arno, Heino und du?"

Er erwartete irgendeine blöde Antwort, in der Art: „Vielleicht haben wir gemeinsam gefrühstückt". Stattdessen sackte Piet zurück in seinen Sessel und rieb sich die Stirn.

„Du hast ja keine Ahnung!"

„Stimmt genau!"

„Also, wenn du schon dein Foto so genau angesehen hast, dann weißt du auch, dass es verspätet gemacht wurde, oder?"

Michael verriet nicht, dass er selbst bis heute keins besessen hatte.

„Natürlich! Drum bin ich ja nicht auf dem Bildl."

„Weil du durchgefallen bist, deswegen bist du *nicht drauf!*", triumphierte Piet.

„Das spielt aber keine Rolle. Außer Claudia und mir seid ihr drei Herren aber auf dem letzten Klassentreffen gewesen. Was ist denn da passiert?"

„Was soll da passiert sein, außer, dass wir alle zu viel getrunken haben?"

„Genau wie auf'm Abiturball?"

Piets hageres Gesicht verlor an Farbe.

„Alle waren sturzbetrunken, damals. Deswegen hat der Direktor doch den Fototermin..."

„Ach geh weiter", fuhr Michael ihm in die Parade,

„wieso sind denn auf dem Klassentreffen alle Fotos ver-
kokelt? Wer hat wollen, dass niemand draufkommt, ihr vier
seid nicht zufällig absent gewesen?"

„Es – es war aber Zufall. Dass die Fotos in Flammen
aufgingen, mein ich."

„Schmarren!" Michael staunte gleichermaßen über sich
selbst, wie über Piet, der so mit sich umspringen ließ. „Piet,
warum bist du erpressbar?"

„Spinnst du?"

Jetzt war's Michael auch schon egal: „Du wirst blass,
wenn ich den Arno und die Claudia erwähne, und du rea-
gierst auf einen Brief, in dem drinsteht, dass Heinos Tod
was mit den beiden zu tun hat! Glaubst du, ich bin auf der
Brennsupp'n daher g'schwommen?"

Piet zeigte nun ebenfalls Hörner:

„Und du denkst, ich weiß nicht, dass du das warst an der
Kirche! Ich bin nämlich auch nicht mit Smarties
sandg'strahlt! Ich lasse dich festnehmen wegen versuchter
Erpressung, so schaut's aus!"

Michael wusste genau, das hätte der Hauptkommissar
auch gleich an jenem Montagabend erledigen können. Piet
hatte anscheinend mehr zu verlieren, als er vermutet hatte.

„Nein, das tust du nicht. Und weißt du auch warum?
Weil du mit dem Heino am Abend vor seinem Tod im
Klosterkeller eine angeregte Unterhaltung gehabt hast, und
was da geredet worden ist, sicher nicht in irgendwelchen
Protokollen steht. Der Ossi wird's gern bezeugen. Ich war
also sicher nicht der Letzte, der den Heino zur
Stadtratsitzung hat abbrausen sehen. Eigentlich müsstest
du genau wissen, warum er nicht dort war. Muss wichtig
gewesen sein, eure *ganz spezielle* Sitzung beim Oscar!" Er
spekulierte mit seiner Vermutung: „Ist es um den Mord an

Arno gegangen?“

„Hau ab!“, rief Piet gedämpft, damit draußen niemand hören konnte, wie erregt er war.

„Okay, du willst nix sagen. Als Bulle weißt du selber, was das bedeutet!“ Er hatte Piet am Wickel. „Ich find schon noch raus, was dahinter steckt.“

„Nimm dich bloß in Acht!“, zischte Piet giftig.

Michael wusste, den Wink hatte er ernst zu nehmen.

Verdammt ernst.

23. Kapitel

DAS PRÄSIDIUM lag nicht allzu weit entfernt vom Gymnasium. Jetzt, um kurz nach zwölf, waren viele Schüler auf dem Weg zur Bushaltestelle oder zum Bahnhof. Michael bog um die Ecke des Präsidiums und achtete dabei darauf, wo er mit seinen Füßen hintrat. Die, die ihre Nasen weit oben tragen, dachte er beim Anblick eines braunen Kringels auf dem Asphalt, sind die Ersten, die in die Hundehaufen treten.

Statt in die eklige Hinterlassenschaft zu trampeln, rumpelte er mit einer Passantin zusammen.

„Frau Müller!" Michael traf fast der Schlag über den Zufall.

„Also, den seltenen Glücksfall müssen wir aber feiern!", schnaufte sie und prüfte, ob alles an ihr heil geblieben war.

„Bergmeier?", stammelte Michael, vom Schicksal überrumpelt.

„Wie ausgemacht? Gern."

Das innen neu und modern gestaltete Café Bergmeier hielt eine satte Auswahl an edlen Kuchen bereit, und für den kühlen Tag die genau richtige große Auswahl an heißen Getränken. Die Tische am Fenster zum Marktplatz hin boten einen großartigen Blick auf die Arkaden der Altstadt, über die Fußgängerzone, und im Hintergrund mit dem Kirchturm von St. Nikolaus eine fast romantische Kulisse. Neben dem Marktplatz, am Brunnen mit der Figur des heiligen Nepomuk, fanden Dreharbeiten für eine Filmszene statt. Bis jetzt hatte Michael immer gedacht, so viele Mordfälle wie in den Fernsehkrimis über Rosenheim seien einfach lächerlich und unglaubhaft – und jetzt war er selbst mittendrin, sogar in zweien auf einmal. Seine Recherchen hatten aber auch angenehme Seiten: Frau Müller stellte klar, sie wollte bezahlen, für das Klassenfoto und überhaupt.

Der grüne Jasmintee schmeckte Michael ausgezeichnet, er wandte aber ein: „Wie wär's, wenn jeder selber zahlt? Dafür sagen wir ab jetzt *du* zueinander."

„Netter Vorschlag", lächelte Frau Müller. „Ich bin zwar die Ältere von uns beiden", (natürlich, sie saß an der Quelle aller Schülerdaten und kannte Michaels Jahrgang genau), „und eigentlich müsste *ich* das Du anbieten – aber gerne."

„Was, Sie sind doch gewiss nicht älter als ich!", lobhudelte Michael, „das glaub ich einfach nicht." Elender Schwindler, schimpfte er sich.

„Na dann: *Patricia*!" Sie beugte sich über das Tischchen, um das Du mit einem Küsschen zu besiegeln. Michael hätte ihr lieber die Hand gereicht, aber er ließ sich auf die Zeremonie ein.

„Gut, also dann: *Michael*."

Küsschen links, Küsschen rechts, Applaus vom Nebentisch – und als wär's nicht schon ein genug aufreibender Tag, musste auch noch Conny draußen am Fenster vorbeigehen und zusehen, wie Patricia Müller ihn abknutschte. Der Schatten auf Connys Gesicht sprach Bände, obwohl überhaupt nichts zwischen ihnen lief, das so was wie Eifersucht gerechtfertigt hätte. Trotzdem erdrückte es ihn fast, Conny zuzusehen, wie sie mit beschleunigten Schritten davoneilte.

Patricia bekam nichts davon mit. Zumindest ließ sie sich nichts anmerken.

„Also ich glaube, zur Feier des Tages brauche ich jetzt ein Gläschen Prosecco."

„Ich nicht!", schnaubte Michael. Er bestellte sich einen Birnenschnaps.

24. KAPITEL

14:05, plötzlich ungewöhnlich mild. Kopfwehwetter.

Patricia musste wieder zurück ins Sekretariat. Wenigstens sie legte eine Spitzenlaune an den Tag. In Michael dagegen rumorten die unbeantworteten Fragen, die er Piet eigentlich hatte stellen wollen, und zwar bevor sie sich gegenseitig angegiftet hatten. Was war mit den Ermittlungen in der Mordsache Arno Ellers? Warum hatte der Schwan sich auf der Straße herumgetrieben? Es ließ sich schwer nachvollziehen, wie ein Mensch mit großartigem Abitur und Studium in Odessa wie ein Waldschrat durch die Forste zog, oder vielleicht mit Vollbart und langen, zotteligen Haaren in Mülltonnen nach Pfandflaschen fischte. Dass er sich überhaupt in der Nähe der Stadt aufgehalten hatte, war wahrscheinlich. Vor zwei Jahren war er aus Gerald Millers Klinik geflohen. Er musste sich zu diesem Zeitpunkt also im Landkreis aufgehalten haben. Michael fackelte nicht lange und rief Gerald an. Beim letzten Mal war er ihm viel zu schnell entwischt.

„Der Herr Professor ist nicht zu sprechen."

Die gelangweilte Stimme war wohl die der Dame an der Pforte.

„Ist schon recht. Aber wissen S', ich war vor ein paar

Tagen schon mal beim Gerald, also beim Professor Miller. I denk, wenn Sie ihm mein' Namen sagen, ist er sicher zu sprechen."

Kurze Verschnaufpause am anderen Ende der Leitung, dann: „Und der lautet?"

Kurz darauf erfuhr er von Gerald, dass er natürlich, wie er schon erwähnt hatte, über den Gesundheitszustand von Patienten – auch von ehemaligen und erst recht von er--mordeten – keine Auskunft geben werde.

„Aber weil du mir früher immer super Vorlagen für meine Tore gegeben hast, will ich dir helfen, soweit's geht."

Michaels erinnerte sich, dass Gerald nicht zuletzt durch seine Steilpässe zum Torschützenkönig einer Saison gekrönt worden war.

„Ja freilich, die einen arbeiten, die anderen ernten die Lorbeeren, gell", feixte Michael. „Wie weit kannst du mir denn helfen?"

„Wart'."

Michael hörte, wie im Hintergrund gesprochen wurde. Nach zwei Minuten meldete sich Gerald wieder.

„Der behandelnde Arzt von Arno, Dr. Berger, schickt mir gerade die Berichte auf den Rechner. Mhm, gut, oh, mhm, ja", mümmelte Gerald kryptisch. Wahrscheinlich las er Arnos Untersuchungsergebnisse.

„Mike, ich darf dir natürlich nichts Konkretes über seinen letzten Gesundheitszustand sagen, also keine EEG, EKG-Ergebnisse oder Laborwerte. Die Auswertungen stammen aber noch von vor zwei Jahren, nachdem Arno sich schon längst wieder aus dem Staub gemacht hatte. Nur so viel, aufgrund seines – sagen wir mal – damaligen *Lebensstils* hat er sich selbst eine stark verkürzte Lebenserwartung zugezogen. Mehr kann ich wirklich dazu nicht sagen."

„Ist schon gut. Freilich. Geht nicht anders. Danke, dass du dir die Zeit genommen hast." Michael hatte seinen Kopf bereits auf die neue Situation geeicht. Er bekam noch mit, wie Gerald sagte, man könne sich doch mal wiedersehen, und Michael hörte sich sagen, „aber bloß privat".

Gerald lachte.

„Servus!"

Wenn Arno Gesundheitsprobleme hatte, die ihn sowieso bald dahingerafft hätten, warum hatte dann jemand nachgeholfen? Wusste der Mörder das nicht? Oder konnte er gar nicht erwarten, bis Arno als *sterbender Schwan eo ipso* – ganz von selbst – das Zeitliche segnete?

Allmählich bekam er Hunger. Beim *Bergmeier* hatte er außer dem einen Minispekulatius zum Tee nichts gegessen, und der Schnaps wirkte nachträglich wie ein Aperitif. Auf der Fahrt zum Margaretenhof überlegte er, ob er Tante Berti Blumen mitbringen sollte. So ein winziges Sträußchen würde schon nicht zu viel kosten. Allmählich wurde es brenzlig in seiner Geldbörse. Er beschloss, das vorgesehene Geld für seine „Ordnungswidrigkeit in der Dreißigerzone" lieber bei Tante Berti zu investieren. Für die Überweisung hatte er zehn Tage Zeit, für einen Blumenstrauß zehn Minuten.

Die kleine, gebückte Frau freute sich kurz und sachlich über die Blumen aus dem Automaten im Foyer des Heims. Sie stellte sie in eine Vase auf dem Fensterbrett und vergaß, Wasser einzufüllen. Michael holte das für sie nach. Er registrierte den gemein köstlichen Duft, der in der kleinen Wohnung hing.

„Gut, dass du doch noch einmal vorbeikommst, bevor

ich endgültig in de Grub'n reinwachse", ätzte Berti.

Michael stellte die Vase wieder an ihren Platz.

„Ja, ich weiß schon. Aber ich hab wirklich viel zu tun."

„Ach geh!" Berti schlug ihre knochigen Hände über dem Kopf zusammen und stöhnte auf, weil ihr operierter Ellbogen immer noch schmerzte. „Hört, hört!"

„Nein, wirklich. Ich hab einen gut bezahlten Auftrag." Dass das Geld womöglich gar nicht floss, musste er ihr ja nicht auf die Nase binden.

„Na gut. Dann glaub ich dir das halt." Sie wandte sich der Kochnische zu. „Willst was essen?"

Er konnte nicht nein sagen. Um diese Jahreszeit, um Kirchweih herum, hatte sie immer frische Schmalznudeln in heißem Butterschmalz ausgebacken. Für „Freunde".

„Du bist aber nicht bloß gekommen, weil d' Hunger hast – wenn du schon so gut bezahlt wirst."

„Sicher bin ich wegen dir ganz allein da." Ob er sie wirklich fragen oder sich doch besser im Büro der riesigen Anlage nach einem Kerl erkundigen sollte, der aussah wie ein alternder *Schwan*?

Der Margaretenhof bot betreutes Wohnen in unterschiedlich großen Apartments ohne oder mit Teil- oder Vollzeitpflege, aber auch ein durch staatliche Unterstützung finanziertes Wohnheim für betagte Mittellose und arme Pflegebedürftige, die wiederum von Krankenhäusern oder Hilfsorganisationen vermittelt wurden. Klaus oder Heike hatten so was erwähnt.

Das Wohnheim lag etwas verschämt versteckt auf der anderen Straßenseite hinter einer hohen Hecke.

„Du, Tante Berti, hast du denn Kontakt zu anderen Senioren?"

„Oho. Seit wann interessiert'n dich das?" Sie streute

Puderzucker über die noch warmen Schmalzkringel. Er hatte genau den richtigen Zeitpunkt erwischt.

„Nur so."

„Freilich. Bist du wegen, wie hast gesagt, einem Auftrag da?"

Michael lächelte sie lausbübisch an.

„Vielleicht. Kommt drauf an, ob du mir weiterhelfen kannst."

Seine Tante legte zwei Schmalznudeln auf einen tönernen Teller und stellte ihn Michael unter die Nase. „An Guaten. Also. Was willst?"

„Da drüben", er deutete mit dem Daumen über seine Schulter, „ist doch so ein Heim für Leute, die sich das da nicht leisten können."

„So kann man's auch sagen", seufzte Berti. Sie setzte sich an den Tisch und schaute Michael zu, wie er mit geschlossenen Augen kaute. Es krachte, als er sich die resche, hauchdünne Kruste im Schmalznudelzentrum vornahm. Wie sie in der winzigen Küche so eine Köstlichkeit zaubern konnte, fand er ebenso sensationell wie die Geschwindigkeit, mit der er die zwei „bayrischen Donuts" wegputzen konnte.

Vor Berti stand ein leeres Trinkglas.

„Du musst was trinken, Tante Berti. Viel trinken, das weißt du doch."

„Sag nicht immer Tante, das weißt *du* doch", motzte sie zurück. „Und belehr mich nicht!"

„'tschuldige, Berti. Kennst du jemand von da drüben?"

„Manchmal treffen wir uns im Park. Viel Kontakt wollen die meisten von hier mit denen nicht haben. Man weiß ja, wo die herkommen. Aber ich misch mich da nicht ein. Die sind fast alle ganz nett. Können ja nix dafür, dass sie andere Karrieren gehabt haben.“

So offen kannte Michael seine Tante noch nicht.

„Bestimmt!“, sagte er mit vollem Mund.

Berti schmunzelte geheimnisvoll.

„Einer ganz besonders.“

Michael wurde hellhörig. Hatte seine alte Tante gar einen Verehrer?

„So? Wer denn?“

„Den kennst du nicht. Außerdem bin ich nicht blöd. Die anderen haben schon gesagt, weil der von da drüben kommt, wär’ er auf mein Geld aus. So ein Schmarren! Wenn wer auf mein Geld aus ist, dann die Vermieter da herin.“

Michael wusste, dass Bertis Erspartes dahinschmolz wie das Arktiseis im Treibhausklima. Ihre Rente reichte bei Weitem nicht aus für die Kosten im Heim.

„Jetzt sag schon, Berti. Ist er ein Richtiger?“

„Logisch! Wir gehen halt manchmal miteinander spazieren, reden. Das Übliche.“

„So, das Übliche!“ Er spitzte den Mund. Mit Berti konnte man schon flachsen.

„Michi, du Kasperl. In unserem Alter ist das *Übliche* nicht *das* Übliche wie in deinem Alter. Wenigstens nicht so hoppla-hopp. Apropos, hat sich deine Sabine mal wieder gemeldet?“ Sie wusste um die Trennung ihres Neffen von seiner langjährigen Freundin.

„Sie ist nimmer *meine* Sabine, Berti. Und nein: gehört hab ich nix mehr von ihr. Aber...“ Beinahe hätte er ihr von Conny erzählt. So weit war es noch lange nicht, besonders nach dem öffentlichen Knutschen mit Patricia, die für ihn besser Frau Müller hätte bleiben sollen. „Aber du und dieser Mann, das gefällt dir, oder?“

„Ja freilich. Sonst tät ich ja nicht so oft rübergehen."

„Du besuchst ihn? Und er dich?"

„Wie glaubst denn du, dass wir sonst zusammenkommen! Telepathisch vielleicht?"

„Ihr trefft euch in euren Wohnungen?"

„Bis jetzt noch nicht, und wenn, ging's dich auch nichts an. Aber manchmal machen die drüben nette Abende. Keine so langweiligen Stricktantenabende wie da herüben. Da geht's lustig zu, ich bring Aus'zogene mit, wir singen – und er spielt mit seiner Maultrommel dazu."

Hänsel oder Gretel?

Der junge Mann hat es satt. Ständig diese dämlichen Anspielungen, nur weil ihm nicht mal ein Flaumbärtchen steht, weil schneeblonde Haare wie bei einem Albino über seine Ohren wachsen. Er weiß schließlich selbst, wie er aussieht. Nicht zuletzt deshalb hat er einen weiblichen „Fanclub" an der Schule. Aber für nicht wenige Jungs, obwohl sie auf dem Gymnasium nicht gerade mit einem Spatzenhirn ausgestattet sind, ist er nur wegen seines Gesichtes schlichtweg ein „warmes Brüderchen" – ein Mädel. „He – zieh einmal ein Dirndlkleidl an, tät dir besser stehn ..."

Er hört sich das an, viel zu lang horcht er nur zu und ignoriert es. Er wird ihnen schon noch zeigen, wer er ist. Seine Noten sind überdurchschnittlich. Damit hat er immerhin gute Karten bei den Lehrkräften. Sein Selbstvertrauen schwankt dennoch: Er weiß, welche Wirkung er auf Homosexuelle ausübt. Manchmal zwinkern ihm erwachsene Männer zu, und er wird unsicher. Oft ist er anschließend wütend. Dann wieder verstört. Doch in keinem Augenblick spürt er sich zu Männern hingezogen. Der Junge schwört, sich nie wieder als „schwul" bezeichnen zu lassen.

Als Anna mit ihm Schluss macht, glaubt er, es läge an seinem „Image". Er weiß nicht, dass Anna einen anonymen Brief erhalten hat, in dem steht, er hätte eine schlimme Geschlechtskrankheit, und deshalb wachse ihm kein Bart. Er ist überzeugt, die Kerle aus der Parallelklasse, in die auch Anna geht, hätten sich zu sehr über ihn lustig gemacht – oder ihn verleumdet.

Er stellt die fünf zur Rede. Seine zwei Freunde stehen

hinter ihm. Die Prügel, die sie beziehen, sind halb so schlimm. Sie teilen auch aus. Die Schlägerei auf dem Schulhof kostet allen Beteiligten eine Vorladung beim „T. Rex".

Der Junge weiß sich von nun an zu wehren. Er benimmt sich betont maskulin – und flegelhaft. Die Mädels, die ihm signalisieren, dass sie ihn wollen, kriegen ihn. Aber immer scheint jemand was dagegen zu haben. Keine Freundschaft, besonders nicht mit einer aus der Schule, hält lange. Egal ob Jungen oder Mädchen – die Denunzianten und Lästermäuler sollen büßen.
Er kann auch anders ... ganz anders!

25. KAPITEL

EIN EINZIGES MAL, vorige Woche, habe Tante Berti einen Herrn „drüben" gesehen, der auf Michaels Beschreibung passte. Der Mann sei krank, wusste sie von ihrem neuen Freund namens Hugo. Sie vermutete, deswegen habe er so schwarze, eingefallene Augenhöhlen, völlig weiße, schüttere Haare, und sei sehr ausgezehrt, weshalb er seinen kantigen Kopf wohl auf einem ungewöhnlich dünnen Hals trage.

Die Leitung des Margaretenhofs legte großen Wert darauf, dass die Bewohner Abwechslung bekamen. Manchmal gaben Theater- oder Musikgruppen kostenlose Gastspiele, Autoren lasen vor, oder Trachtenvereine veranstalteten Volkstanzkurse. Michael konnte in dieser Hinsicht nichts dergleichen vorweisen. Neben Besuchen bei seiner Tante hatte er keinen Grund, sich im Margaretenhof umzusehen. Im Büro des Verwalters leistete er sich noch dazu einen krassen Fauxpas: „Ich tät gern mal einen Insassen vom Heim gegenüber besuchen."

Herr Serdat lief zornesrot an, sagte aber ganz gelassen: „Schön, dass es immer noch Leute gibt, die glauben, das hier sei ein Gefängnis. *Insassen* leben in unserem Haus keine, mein Herr. Aber *Bewohner*, und die fühlen sich hier pudelwohl."

Michael entschuldigte sich für den Ausdruck, der ihm so herausgerutscht war.

„Klar. Meine Tante lobt auch andauernd, dass es hier so hübsch ist", log er. „Sie hat sogar jemanden kennengelernt im Haus 3."

„Ah ja? Frau Berta Maria Wiesner? Die B.M.W., wie sie unsere Leute hier nennen. Sie würdigt unser Haus tatsächlich?", fragte Herr Serdat skeptisch.

Michael fühlte sich ertappt. In Wahrheit beschwerte Berti sich laufend über alles Mögliche, besonders übers Essen.

„Freilich. Sie möcht' mich mal mit ihrem neuen Bekannten – sozusagen *bekannt* machen. Ich weiß schon, dass aus verständlichen Sicherheitsgründen nicht jeder Fremde so mir nix, dir nix da rein darf. Deswegen wollt ich mich anmelden."

Herr Serdat fuhr sich mit der Hand über die grauen Bartstoppeln.

„Als nächster Verwandter von Frau Wiesner sind Sie natürlich jederzeit..." Er legte nachdenklich Daumen und Zeigefinger an sein Doppelkinn, „weil Sie Fremde erwähnen: In letzter Zeit interessierten sich für Haus 3 merkwürdig viele Leute, die früher nie hier waren. Dabei haben wir gar keine Neuzugänge. Aber vielleicht bin ich noch nicht lange genug hier, um das beurteilen zu können."

Darum war Michael ihm bei seinen seltenen Besuchen noch nie begegnet. Herr Serdat war neu. Michael fragte einfach:

„Dann kann ich den Herrn Hugo mit meiner Tante also besuchen? Und eine Frage hätt' ich noch, weil ich jemanden vermisse, den ich aus der Schulzeit kenne, und ich glaube, er könnte dort drüben sein."

„Wie bitte?“ Herr Serdat schaute ihn an, als wäre Michael von allen guten Geistern verlassen. „Das hier ist eine *Senioren*-Residenz! Verstehen Sie? Oder vermuten Sie einen Ihrer ehemaligen Lehrer hier? Dann ist er aber eher auf dieser Seite der Straße, als in Haus 3.“

„Nein, Herr Serdat, der ist schon erst in meinem Alter. Aber es könnt’ sein, weil er zuletzt viel Stress gehabt und auf der Straße gelebt hat, dass er sehr viel älter ausschaut.“

„Wie heißt er denn?“

„Ellers. Arno Ellers.“

Herr Serdat schüttelte den Kopf. „Nein. Ein Mann dieses Namens lebt ganz sicher nicht in Haus 3. Ellers? Habe ich bis jetzt noch nicht gehört.“

„Könnten S’ nachschauen, bitte?“

„Von mir aus.“

Die aktuelle Liste in Serdats Rechner führte keinen Arno Ellers.

Michael versuchte es anders: „War bis vor Kurzem jemand recht krank in Haus 3?“

„Darüber darf ich Ihnen keine Auskunft geben.“

„Schad’.“

Mit der Erlaubnis für die Pforte in Haus 3 in der Hand ging Michael zurück zu Bertis Apartment. Vielleicht hatte sie ja Lust, gleich mal mit ihm rüberzuschauen zu ihrem Hugo.

Der lange Flur besaß eine Fensterreihe zur Straße hin. Auch um diese Jahreszeit noch tiefgrün, war die Hecke vor Haus 3 nur am Zugangstor unterbrochen. Jemand verließ soeben zu Fuß das Gelände. Ein lang aufgeschossener Herr mit federndem Gang. Piet!

Michael spurtete los, über die lichte Treppe hinunter

und hinaus auf die Straße. Ein Wagen fuhr mit aufjaulendem Motor an ihm vorbei. Piet saß am Steuer. Verfolgungsjagden mit schweren Blechkisten hatte Michael schon in US-Krimiserien wenig gemocht. Jetzt hetzte er mit seinem Miniauto hinter einer zivilen Polizei-Limousine her und kam sich dabei ziemlich blöd vor. Er wusste doch genau, wer den Wagen vor ihm fuhr. Piet würde ihm schon nicht davonlaufen, oder in diesem Fall davon*fahren*. Nur, warum raste er so? Hatte er einen Einsatz? Spätestens, als er bei Rot über die nächste Kreuzung bretterte, Michael gerade noch anhalten konnte, wurde ihm endgültig klar: Piet hatte die Kontrolle über sich selbst verloren!

Die Ampel schaltete auf Grün. Michael fuhr so schnell, wie die Straßenverkehrsordnung es gerade noch zuließ. Die zwanzig Euro Strafe hatten ihn vorübergehend domestiziert.

Erstaunlich schnell holte er auf. Viel zu schnell! Aber nicht, weil er aufs Gaspedal drückte: Piets Wagen hatte ein parkendes Fahrzeug gerammt und stand quer zur Fahrbahn. Eine große, kräftige Gestalt lief von dem Wagen weg. In seiner Erregung nahm Michael schemenhaft eine schlabbernde, azurblaue Jacke an ihm wahr – und semmelgelbe Haare. Bevor der Kerl in den Tiefen einer Bahnunterführung verschwand, fielen ihm fast aberwitzig dessen wippende Zöpfchen im Nacken auf. Kein Kerl?

Michael lenkte seinen Smart an den Straßenrand und hielt an. Ein anderes, entgegenkommendes Auto stoppte ebenfalls. Die Fahrerin stieg aus und rannte über die Straße.

„Kann ich helfen?"

Michael riss die Fahrertür auf. Piet fiel ihm direkt in die Arme. Er lebte, aber er blutete aus Mund und Nase – und auch aus der Brust. Es roch nach Schmauch im Wagen.

Michael hielt ihn so fest, wie es nur ging, damit er nicht heraus auf die Straße kippte. Die Frau hinter ihm rief ihm zu, sie habe bereits einen Notruf abgesetzt, und leiser keuchte sie: „Atmet er?"

„Ich glaube ja."

Piet sah ihn mit geweiteten Augen an. Er versuchte etwas zu sagen. Mit jedem Ausatmen schwappte Blut über seine Lippen. „A-Arno ist... ist Bruno... Bruno Ebert... heißt ... Heino und... ich... haben ihn... gebracht."

Umgebracht?

26. KAPITEL

Donnerstag, 18. Oktober, nach Frühnebel ein warmer Tag.

Michael las noch einmal durch, was er in den PC getippt hatte.

Erklärung an die KTU:

Meine von Ihnen sichergestellte Pistole Walther P99 ist eine Schreckschusspistole zur Notwehr im Rahmen meiner Tätigkeit als Geprüfter Detektiv. Die tödliche Brustverletzung des KHK Maurer kann also definitiv nicht von dieser Waffe stammen. (Siehe auch Zeugenaussage Frau Sonja Atabani.)

Eigentlich musste der ballistischen Abteilung der KTU klar sein, aus seiner Waffe war noch nie ein Schuss abgegeben worden. Dank Frau Atabani hatte man ihn gestern auch gleich wieder gehen lassen, da die Zeugin genau gesehen hatte, wie jemand von Piets Wagen weggelaufen und Michael gerade aus dem Smart ausgestiegen war, bevor er die Tür von Piets Dienst-Limousine geöffnet hatte.

War wirklich jemand direkt *aus* Piets Wagen abgehauen? Michael hatte keinen Beifahrer bemerkt, als dieser beim Seniorenheim an ihm vorbeigerauscht war. Hatte der Attentäter, den er gesehen hatte, auf der anderen Straßenseite gewartet? Michael konnte sich nicht erinnern, ob Piets

Fahrerfenster geöffnet oder geschlossen war. Seine Beobachtungsgabe als Profischnüffler ließ echt zu wünschen übrig, fürchtete er.

Er legte das Schreiben mit der Vorladung zur Anhörung am Freitag beiseite.

Ob Conny zu Hause war?

Conny tat kurz angebunden am Telefon. Aber er merkte, sie zwang sich dazu. Sie „lächelte" beim Reden.

Eine Stunde später hörte sie ihm ernst und konzentriert zu, wie er ihr seine Sicht der Dinge darlegte, die leicht verdreht in den Lokalnachrichten verkündet wurden. *Polizistenmord – war es Rache?*

„Und was glaubst du?", fragte ihn Conny. Bis jetzt hatte sie ihm weder Tee noch Kekse angeboten. Die Stimmung war ziemlich unterkühlt.

„Konkret?"

Sie nickte stumm und sah ihn geduldig an. Besorgt oder verärgert?

Michael servierte ihr auf dem Tablett, was er dachte: „Noch mal: Heino hat von mir erfahren, Claudia sucht den Arno. Bei ihm hat's sofort g'schnackelt – also klick g'macht, und er hat sich noch an dem Abend mit Piet im Klosterkeller getroffen, weil er ihm von der Wiederbelebung alter Zeiten erzählen hat müssen. Warum, weiß ich immer noch nicht. Aber dann ist ja da das Foto. Piet hat mir im Sterben gesagt, er und Heino hätten den Arno – und ich weiß nicht, ob er das genauso gemeint hat – umbracht! Wenn, dann wäre schon denkbar, dass beim Klosterkeller was vorgefallen ist, was den Piet veranlasst hat, dem Heino so einen Schlag mitzugeben, dass er in der Rinne liegen geblieben ist. Wie er gemerkt hat, der Heino packt's nimmer zurück ins Leben, hat er's so aussehen lassen, als wär's ein Raubmord.“

Conny hob den Zeigefinger.

„Moment. Erstens könnte es wirklich einer gewesen sein, ein Raubmord, und zweitens, warum hat Piet dann nicht *dich* zum Staatsfeind Nummer eins aufgebaut? Du warst doch sein erster Verdächtiger im Fall Zieringer, weil du zuletzt bei Heino warst.“

„Hat er ja auch zunächst. Aber der hat genau gewusst, dass ich das nicht war, weil's nämlich *er* war. Ich hätt' doch das geringste Motiv gehabt. Na, na, der hat kalte Füße kriegt, weil die Claudia im Geheimen in der Sache rumstochert. Und dann hab ich ihm auch noch gesagt, dass auf dem Klassenfoto die viere nicht drauf sind, und dass da irgendein Geheimnis zwischen denen läuft, weswegen der Arno jetzt tot ist, und der Heino ebenso. Piet hätt mich schon auch beseitigen müssen, damit nix rauskommt!“

„Stattdessen wird Piet getötet“, überlegte Conny. „Der dritte im Bunde der Fehlenden auf dem Foto. Wie passt jetzt das zusammen, wenn er der Mörder von Heino, und beide die Mörder von Arno waren – oder sein könnten?“

Michael blinzelte nervös.

„Öha.“

„Und wenn beides nichts miteinander zu tun hat? Ich meine, die Version Raubmord an Heino könnte auch stimmen, ein Verdächtiger ist in U-Haft. Und Piet könnte durchaus von jemandem ermordet worden sein, der sauer auf ihn ist, oder gegen den er gerade ermittelt. Er war immerhin Kriminaler.“

„Berufsrisiko, meinst du?“

Connys Gesicht entspannte sich.

„So was Ähnliches, ja."

An so einen Zufall glaubte Michael nicht.

„Da ist nix dran, glaub mir. Außerdem ist Piet doch auf meinen Bluff mit dem anonymen Brief hereingefallen und zur Kirche gekommen. Privat, quasi. Ich denke, Arno und Claudia – und Heino und Piet, verbindet was, das viel schlimmer ist als ein harmloses Schülergeheimnis."

„Na, dein Auftrag ist ja jetzt wohl mehr als erledigt!"

Er nickte zögernd.

„Ich hab die Claudia schon informiert. Aber bis jetzt: keine Reaktion!"

Michael wartete auch nicht auf eine Reaktion von Conny. Er nahm einfach Anlauf auf das, was ihm sonst noch am Herzen lag: „Ich möcht gern einmal essen geh'n."

Über Connys Kopf schwebte wie in einer Sprechblase ein riesiges Fragezeichen.

„Mit dir zusammen!", bekräftigte er.

„Dankeschön. Aber ich glaube nicht, dass…"

Was sie *sagen* wollte, wollte er nicht *hören*. Er schlug die Augen nieder und trat blindlings die Flucht nach vorn an:

„Also gut. Die Dame, mit der ich beim *Bergmeier* war, ist gar nix – das heißt, doch, Sekretärin im Gymmi ist sie. Sie hat mir, und ich hab ihr einen Gefallen getan, und weil wir uns halt schon kennen, hab ich ihr das Du angeboten…" er schaute zu Conny und registrierte verlegen, wie sie über beide Ohren grinste. Erwischt!

„… und dann hat sie dich überfallen und abgeknutscht wie eine brunftige Elchkuh!", ergänzte sie seinen Satz.

„So ähnlich." Er bemühte sich, unschuldig auszusehen.

„Deswegen musst du dich nicht entschuldigen. Warum denn? Wir beide sind doch nur befreundet wie – wie Freunde eben."

Was hatte sie vor? Mit ihrem reservierten Verhalten hatte sie seine Entschuldigung provoziert. Er wurde das Gefühl nicht los, reingefallen zu sein. Andererseits, wenn sie ihn so hatte reinsausen lassen, *warum* hatte sie's getan? Weil sie wissen wollte, ob es ihn recht aufregte, wenn sie eifersüchtig reagierte!

Ein halbe Stunde später saßen sie im Café Bergmeier, nur einen Tisch von dem entfernt, an dem er mit Patricia das Du besiegelt hatte. Draußen schien die Sonne warm, und die Tische im Freien vor dem Café waren fast alle besetzt, als wäre noch immer Sommer und nicht bald Allerheiligen.

27. KAPITEL

CONNY MUSSTE in Kürze einen Termin bei einer Kundin wahrnehmen, einer Geschäftsfrau, die ihren Laden gleich um die Ecke in der Hl.-Geist-Straße führte. Sie verabschiedeten sich, und Conny legte dabei kurz ihre Wange an seine.

Nachdem er sich von der Berührung und dem Duft ihrer Haut wieder erholt hatte, fand er in die Wirklichkeit zurück. Wo war eigentlich das Postfach, das Claudia gehörte? Sein Brief von letzter Woche musste doch längst dort gelandet sein.

In einem Schreibwarengeschäft in der Nähe des historischen *Mittertors*, das auch das Stadtmuseum beherbergt, kaufte er eine altmodische Ansichtskarte von Rosenheim, adressierte sie an ihn selbst, und legte die paar Meter am Wassergerinne des Ludwigsplatzes vorbei zur dortigen Postagentur zu Fuß zurück. Die Turmuhr der nahen Nikolauskirche läutete zu Mittag.

Michael stellte sich absichtlich in die Schlange am Schalter. Die Marke für die Ansichtskarte hätte er auch am Automaten ziehen können. Aber er hatte Fragen: „Wie ist das eigentlich mit den Postfächern? Wissen Sie, ich hab jemand was geschrieben, und ich weiß nicht, ob's angekommen ist? Wo sind'n die eigentlich?"

Er hörte ein stöhnendes Raunen hinter sich in der Schlange. (Wieder so ein Depp, der alle aufhält!)

Die Dame am Schalter erklärte ihm ganz gelassen, dass manche Kunden ihre Fächer eben nur einmal die Woche leerten, was dann oft zu Staus in den Fächern führe, besonders, wenn Kataloge oder dicke Maxibriefe dabei seien. Seine Sendung sei sicher gleich über die Postverteilung zu den Postfächern gelangt, die sich doch direkt neben dieser Agentur befänden, in dem Raum, in dem auch der Bankomat stehe. Spätestens um zehn Uhr wären alle Sendungen in den Fächern.

„Danke schön. Und dann hätt' ich da noch die schöne Karte. Was macht's?"

Morgen erst stand der Termin zur Zeugen-Anhörung wegen Piets Ermordung an. Am Nachmittag. Davor würde er das Postfach mit Claudias Nummer nicht mehr aus den Augen lassen. Ob sie jetzt erst seine lang im Fach liegende Nachricht oder eine völlig andere abholte, war ihm auch schon egal. Hauptsache, sie leerte den Kasten. Wenn er eine Chance haben wollte, sie zu sehen, dann dort, wo ihr einziger Schnittpunkt lag. Wie Claudia wohl jetzt aussah? Immer noch unscheinbar wie eine graue Maus? Er würde sie erkennen. Sicher.

Und vielleicht war sie ebenso in Gefahr wie ihre drei „Kumpels" – er musste sie sprechen!

28. KAPITEL

Freitag, 19. Oktober, aus mit der Herrlichkeit: Nordwind.

Es gibt Tage, da sollte man sich einfach nicht auf die Straße trauen. Der schneidende Wind fuhr Michael unerträglich kalt durch jedes Knopfloch. Jetzt, kurz nach acht, waren nur noch wenige Schüler unterwegs, und der Berufsverkehr legte für ein paar Minuten eine Pause ein. Er hatte also eine gute Stunde übrig für seine Verwandtschaft im Margaretenhof.

Er parkte am Straßenrand zwischen den beiden Grundstücken des Heims, direkt gegenüber von Haus 3. So klein sein Wagen auch sein mochte, behinderte er doch einen Krankenwagen beim Einbiegen auf die Straße. Michael rangierte ein paar Meter rückwärts und hoffte sehr, es würde niemand in dem Transporter liegen, den er kannte.

Die alten Leute hatten alle schon gefrühstückt. Frühaufsteher, wie alle Senioren, glaubte Michael zu wissen. Tante Berti war bei Hugo zu Besuch, weil sie eigentlich Großschach im Park spielen wollten. Doch das Wetter hatte ihnen einen Strich durch die Rechnung gemacht.

Berti stellte Michael ihrem Freund vor: „Mein Neffe, der plötzlich und unerwartet zwei Tage hintereinander herkommt!"

Michael überhörte die Anspielung. Hugo schien ein eleganter Herr zu sein. Michael hatte ihn sich so vorgestellt, wie man sich einen „Penner" denkt, selbst einen, den es hierher verschlagen hatte. Scheiß-Klischee, dachte Michael und sagte laut: „Freut mich!"

„Wirklich?" Hugos Stimme klang, trotz des Sarkasmus, angenehm sonor.

„Weiß ich noch nicht", wagte Michael darauf herauszugeben. „Außerdem komm ich wegen dem Mann, den du mir beschrieben hast, Berti. Weißt schon, der weißhaarige..."

Hugo unterbrach ihn heiser: „Das ist gut: weißhaarig – ein absolut einzigartiges Merkmal in unserem Domizil!"

„Berti", flehte Michael, „ich hab dir den doch beschrieben!"

Berti hatte sich wegen Hugos Antwort ein Lachen verkniffen und nahm nun die Hände wieder von ihren Lippen.

„Der ist letzte Woche in ein Krankenhaus verlegt worden", sagte sie nachdenklich. „In der Zwischenzeit hab' ich erfahren, in die Miller'schen Kliniken wäre er gekommen – stell dir vor, da wo ich auch war!"

Hugo legte einen Arm um Berti.

„Der kommt wahrscheinlich nicht mehr."

Wie Recht er hatte. Also hatte Arno tatsächlich hier im Haus gelebt. Aber wieso hatte ihn der Verwalter dann nicht auf seiner Liste gefunden?

„Wisst ihr, wie der geheißen hat?"

Beide überlegten kurz, dann antwortete Hugo: „Ebert. Bruno Ebert."

„Sicher?"

Berti hob ihren Zeigefinger und wackelte damit herum. „Wenn Hugo das sagt, dann stimmt's!"

„Ist schon recht, B.M.W.“, neckte er sie.

„Jetzt aber du nicht auch noch!“

Kurz darauf rauschte er ab zur Postagentur. Bruno Ebert? Arno Ellers! Hatte er sich getäuscht, sich was vorgemacht. Eingeredet? Kon-stru-iert?

Er hatte keine Ahnung, wann und ob überhaupt Claudias Postfach täglich geleert wurde. Das Türchen mit ihrer Nummer jedenfalls musste er beobachten. Spätestens ab 10:00 Uhr.

Der Wind pfiff gemein ums Eck an der Post. Laub wirbelte umher und sammelte sich in den Rinnsteinen. Michael schaute auf die Turmuhr von St. Nikolaus. Kurz vor zehn. Wenn sich Claudia länger Zeit lassen sollte, hatte er die erste Erkältung dieses Herbstes am Hals. Von draußen konnte er die Postfächer sowieso kaum sehen. Vorhin hatte er sich davon überzeugt, wo Claudias Fach in der Wand mit den geschätzten hundert Fächern lag. Links außen, Mitte. Drinnen zog es wenigstens nicht wie auf der Streckbank. Er lehnte sich an die Wand und schaute den Leuten zu, die ihre Fächer leerten, am Automaten Geld abhoben oder Kontoauszüge ausdrucken ließen. Nach etwa einer halben Stunde kam ein Mann direkt auf ihn zu. Er stellte sich als Bediensteter der Postagentur vor und deutete auf einen Punkt an der Decke. „Wir beobachten Sie nun schon die ganze Zeit am Bildschirm – was machen Sie hier eigentlich?“

Beinahe hätte Michael gesagt „wenn Sie sonst nix zu tun haben“, blieb dann aber bei der Wahrheit: „Ich wart bloß auf jemanden.“

Misstrauisch verschränkte der Mann im blauen Pullunder seine Arme. Wenigstens hatte er nicht gleich die Polizei gerufen. Ausgerechnet jetzt machte sich eine Frau an einem Fach links außen zu schaffen. Mitte. Postfach 01413!

„Ich glaub, der kommt eh nicht mehr, auf den ich warte", beruhigte er den besorgten Postmann. Hurtig schlüpfte er an ihm vorbei und nahm die Verfolgung der Frau auf. Sie trug einen Hosenanzug, ähnlich dem einer Herrenkluft. Ihre Haare bedeckte ein breiter Filzhut, der wie durch ein Wunder nicht mit dem Wind davonflog. Doch ihre Art zu gehen war eindeutig weiblich. Hüften lügen nicht.

Michael beobachtete, wie sie die Fahrerseite einer schwarzen Karosse bestieg. Sie hatte direkt hinter ihm geparkt. Ein weiteres Fahrzeug hatte sich fast an die hintere Stoßstange der Limousine geschoben, denn es ging eng her vor der Postagentur. Michael spurtete los, sprang in seinen Smart und ließ ihn einen Meter zurückrollen. Die Hosendame war gefangen!

Allerdings stieg sie auch sofort wieder aus und riss die Tür des Smart auf.

„Sagen Sie mal, sind Sie verrückt? Ich will ausparken, und Sie...!"

Er schaute in ihr Gesicht. Das konnte unmöglich Claudia sein. Auch wenn er sie schon ewig nicht mehr gesehen hatte. Sie war jünger, sehr viel jünger, als Claudia sein musste, größer, schlanker, eleganter. Weiblicher. „Das ist Nötigung, was Sie da machen!", keifte sie mit hartem Akzent.

Michael blieb ruhig.

„Das weiß ich schon."

„Wie bitte?" Ihre Stimme überschlug sich.

„Dass ich Sie aufhalte, weiß ich."

Sie trat von einem Bein aufs andere, als müsste sie mal.

„Gut, ich rufe die Polizei!" Sie suchte – wahrscheinlich – nach ihrem Handy. „Mist." Sie trug keine Handtasche, nur die zwei, drei Briefumschläge aus dem Fach in ihrer Hand.

Michael fand, es sei an der Zeit, die Sache aufzuklären:

„Sie haben doch grad das Postfach von Frau Ortosi geleert. Ein Brief von mir ist vielleicht dabei, der recht wichtig ist. Ich glaub, ich muss die Frau Ortosi ganz dringend sprechen!"

Aller Glanz wich aus ihrem hübschen Gesicht. Sie war höchstens dreißig Jahre alt. Claudias Tochter vielleicht? Sie schaute auf die Briefe in ihrer Hand, dann wie vom Donner gerührt zu Michael. „Sie sind Mike?"

Er stieg langsam aus seinem Smart und nickte dabei. Beide ignorierten das Hupen auf ihrer Straßenseite, weil alle an den zwei offenen Wagentüren vorbeilenken mussten. Michael schaute durch die Frontscheibe der dicken Limousine, jemand saß auf dem Beifahrersitz. Jemand mit einer großen Sonnenbrille. Claudia! Michael schlug die Smarttür zu, umrundete die junge Frau und quetschte sich zwischen den Autos hindurch auf den Gehweg.

„Nicht!" Der verzweifelte Schrei der jungen Dame ging in einem Windstoß unter.

Michael konnte die Frau auf dem weit nach hinten verschobenen Beifahrersitz nicht genau erkennen. Ihre Sonnenbrille verdeckte fast die ganze obere Gesichtshälfte. Sie trug einen weiten, dunklen Mantel. Ihre Hände umklammerten eine Krücke, deren unteres Ende die Fußmatte aufwölbte wie eine Welle. An den Rändern ihres Kopftuchs lugten ein paar helle Strähnen hervor. Sie nahm ihre Sonnenbrille ab.

„Hallo Mike."

Die weiche, flüsternde Stimme passte zu der stillen

Claudia, die er in Erinnerung hatte. Narben bedeckten ihre Stirn, und eine lange, verwachsene Furche zog sich von der Nasenwurzel übers Jochbein.

Michael hatte eine völlig andere Vorstellung von ihr gehabt.

Claudias junge Begleiterin stierte ihn derweil zornig übers Wagendach hinweg an.

„Du kannst uns nachfahren, Mike", tuschelte Claudia ihm zu, „aber lass uns wenigstens vorher ausparken."

29. KAPITEL

CLAUDIA WOHNTE vorübergehend in der Nähe des Chiemsees. Den ehemaligen, luxussanierten Bauernhof hatte sie an Jana Groszny vermietet, ihre Begleiterin und Chauffeurin am heutigen Tag. Jana war nicht nur Mieterin, sondern für Claudia im Laufe der Zeit zu einer guten Freundin geworden – zur besten, der sie alles anvertraute.

„Sie ist fast wie eine Tochter für mich", erklärte Claudia ihr Verhältnis zueinander. „Normalerweise bin ich um diese Jahreszeit in Florida oder auf unserer Finca auf Mallorca, aber du weißt ja…"

Oh ja, er wusste! Michael sah auf den ersten Blick, dass Jana sich weit mehr als ihre Miete zurückholen würde, wenn Claudia eines Tages starb. Wahrscheinlich war die Tinte des Testaments längst trocken.

Er bedankte sich für die Einladung. „

Und bitte entschuldige, dass ich dein Postfach einfach nicht aus den Augen lassen hab können. Ich weiß, wie das ausschaut."

„So? Wie sieht's denn aus?" Claudia stützte sich auf einen Stock und setzte sich mühsam in einen bequemen Ledersessel. Jana half ihr dabei.

„Du hast doch anonym bleiben wollen, meine ich?"

Sie schmunzelte, und ihre Narben gruben hässliche Furchen in ihre Haut.

„Ja, so lange es ging. Aber ich hatte sowieso damit gerechnet, du wirst mich früher oder später finden. So schwer war's ja nun nicht, oder?"

Er schüttelte scheinheilig den Kopf.

„Dass ich den Arno gefunden hab, weißt du ja jetzt." Er zeigte auf seinen Brief.

Es war, als sacke sie in sich zusammen. Sie atmete schwer wie eine uralte Frau, die sie ja nicht war.

„Ich habe deinen Brief noch nicht gelesen." Sie nahm ihn vom Tisch vor ihr und versuchte zittrig, ihn zu öffnen. „Er ist tot", sagte sie tonlos, als wäre es eine Feststellung und keine Überraschung.

„Trotzdem Mike, ich habe nicht gedacht, dass du ihn so schnell findest."

Sollte er sich geschmeichelt fühlen? Ihm war nicht nach Angeberei. Aber nach Wahrheit:

„Es ist nur ... er war vermutlich einige Zeit in einem Pflegeheim und ist dann in die Miller'schen Kliniken verlegt worden. Claudia, dort ist er dann" – er schnaufte tief durch, um sich nicht zu verplappern – „gestorben."

Ihr Gesicht, das ohne die Narben bestimmt hübsch anzusehen gewesen wäre, wirkte wie glasiert. Claudia atmete kurz und ruckartig, wie bei einem Asthmaanfall.

Sie legte den Brief zurück auf den Tisch, sah zu Jana auf und bat sie, ihnen Kaffee zu bringen. Jana fungierte offenbar zusätzlich als Haushaltshilfe.

„Haben S' auch einen Tee?", erkundigte sich Michael und erntete einen Blick von Jana, der übersetzt „auch noch Ansprüche stellen" bedeutete. Sie eilte in die Küche.

Claudia faltete ihre Hände und sagte seelenruhig: „Ich

wusste von seinem Tod.“

Michael versuchte, seine Erregung zu verbergen. Aber es gelang ihm nicht.

„Das weißt du? Von wem?“

„Von Piet Maurer, Mike.“ Sie lächelte tiefsinnig und wiederholte, als hätte ein lieber Freund ihr einen Gefallen getan: „Ja, von Piet.“

Er kniff die Lippen zusammen. „Aber...“

„Schon gut. Ich habe ihn, nein, er hat *mich* informiert. Wir waren nämlich in Verbindung. – Kürzlich“, beeilte sich Claudia anzufügen und schlug die Augen nieder, um ihn gleich darauf wieder mit festem Blick anzuschauen. „Hattest du Gelegenheit, mit Arno zu sprechen?“

„Nein. Ich hab bis zu seinem – Tod nicht gewusst, dass er in Griesstätt liegt. Wahrscheinlich aber hätte man mich gar nicht zu ihm gelassen. Der dortige Professor Miller hat gesagt, dass er was Ansteckendes hatte.“

„Ja? Wirklich?“ Sie lachte plötzlich auf, als sei sie völlig irre.

Michael wurde mehr und mehr drückend unwohl in seiner Haut. Dankbar registrierte er, wie Jana elegant Tee für ihn und Kaffee für sie selbst und Claudia servierte. Jetzt hatte er etwas zum Festhalten. Woher wusste Claudia das alles?

„Warum hast du mich dann nicht informiert, wenn du das alles schon weißt?“

„Wie gesagt, von Piet...“

„... und der ist jetzt auch tot. Ermordet! Also weißt du, Claudia, ich hab keine Ahnung, wie es dazu gekommen ist, dass du und Arno, der Piet und der Heino auf unserem Abi-Foto fehlen, aber ich weiß genau, dass deine Suche nach ihm und – wie du sicher erfahren hast – der Tod von Heino und

Piet damit zu tun haben! Das Foto und eure Abwesenheit darauf ist die einzige Gemeinsamkeit, die euch verbindet, und jetzt sind drei Leute davon tot."

„Klar, du musst so denken, Mike, du bist der Detektiv. Nur, warum die und ich nicht beim Fototermin waren, durchschaust du wirklich nicht."

„Und ich hab um zwei einen Termin mit der Exekutive, Claudia, und zwar wegen Piet – und wegen Heino auch noch. Wenn du mich schon eingeladen hast, dann klär mich bitte auch auf!"

Sie nahm ihren Stock und klopfte damit energisch aufs Parkett. Wütend.

„Ich denke, dein Job ist getan."

Michael schüttelte den Kopf.

„Ohne wenigstens ein bisserl was dazu gelernt zu haben, geh ich hier nicht weg, Claudia!" Er schnaubte aus wie ein scheuender Gaul. „Dann ziehst du mir halt deine Informationen von der Prämie ab." Letzteres meinte er nicht wirklich ernst. Er wusste schließlich nicht, wie viel Claudias Geschichte wert war. Eine Menge bestimmt.

Auch Claudia atmete einmal tief durch. Sie nippte am Kaffee.

„Also gut! Im Übrigen bist auch du nicht auf dem Foto."

„Du weißt genau, warum."

„Natürlich. Versager!" Ihren Mund umspielte wieder ein Lächeln. Es war nicht herablassend gemeint.

„Und weil du mich ständig so fragend ansiehst: ja, die Narbe und mein Krüppelfuß haben mit Arno zu tun. Vor sechs Jahren traf ich mich mit Arno, als er noch ein halbwegs erfolgreicher Geschäftsmann war, hier am See beim Steilufer oberhalb der Marienkapelle. Zum ersten Mal hörte er von mir, dass er einen Sohn hat, der Dummkopf.“

Michael fuhr sich nervös mit der Hand über den Mund. Er hatte sich die Zunge am heißen Tee verbrannt.

Claudia redete allmählich immer flüsternder, als dürfe nie jemand außerhalb dieser Mauern erfahren, was sie zu sagen hatte.

„Ja, Mike, ich habe ihn abgöttisch geliebt, den *Schwan*, der so völlig anders, so viel hübscher aussah als ihr anderen Jungs. Ich war damals total verschüchtert, und wenn du meinen Vater gekannt hättest, wüsstest du auch, warum. Er ließ mich nichts Modernes anziehen, hielt mich kurz, was Taschengeld anging, obwohl wir stinkreich waren. Ich war so dumm, nicht gegen ihn aufzubegehren, aus Angst vor ihm, und auch, weil ich wusste, eines Tages, wenn er tot ist, hole ich mir das alles zurück, meine Jugend, teure Kleider – und dann würde Arno schon sehen. Auf dem Abiturball hatte ich mich endlich so angezogen, wie ich es immer haben wollte. Die anderen Mädchen hatten mich fast nicht erkannt, weil ich mich zum ersten Mal heimlich geschminkt hatte. Ich denke, ich sah sehr hübsch aus. Arno, der genau wusste, wie sehr ich auf ihn stand, hat sich tatsächlich an mich rangemacht. Aber es ging mir zu schnell. Kurz vor dem Ende des Balls ist er mit mir raus. Ich hatte nicht bemerkt, dass er Piet und Heino zum Mitkommen aufgefordert hatte. Liebe macht wirklich blind, Mike. Wir schmusten ein wenig – ich hatte das sogar in diesem Alter noch kein einziges Mal gemacht. Aber Arno hatte viel getrunken, wurde immer heftiger. Er hatte das geplant – mit Heino und Piet, der Feigling. Die beiden hielten mich fest, und Arno vergewaltigte mich brutal. Ich war nur eine Defloration mehr auf seiner Liste. Danach sind sie einfach weg und haben mich liegen lassen. Ich habe nie Anzeige erstattet. Es war schließlich der *Schwan*, der mir doch bestimmt nicht wehtun wollte – und ich ihm nicht. Außerdem wusste ich anfangs nicht, wer die anderen beiden waren, die Arno dabei geholfen hatten. Sie trugen Masken, wie viele auf dem Ball.

Jedenfalls war ich tagelang wie in einem Alptraum zu Hause geblieben, tat krank, was ich ja auch war. Arno kam wohl nicht zum Fototermin. Irgendwann ahnte ich, warum Piet und Heino ebenfalls fehlten. Die dachten natürlich, ich würde sie hinhängen. Dabei schwänzten wir alle die letzten Tage. Wir hatten eine – entschuldige den Ausdruck – Scheißangst voreinander. Bei mir kam auch noch Scham dazu, aber wie du dich erinnerst, ging ich außer den Lehrkräften sowieso niemandem ab. Ich wusste sehr wohl einzuschätzen, welchen sozialen Status ich bei euch hatte.

Dich hatte ich übrigens auch in Verdacht, bei Arnos liebenswürdigem Akt dabei gewesen zu sein, nachdem man mir eine Woche später das Foto zugesandt hatte. Weil du auch abwesend warst. Aber ich erinnerte mich, du konntest nicht mit nach draußen gegangen sein. Du hast den ganzen Abend in der Ecke gesessen und dieses Flittchen Conny Linden beobachtet. Ja, Mike, manche bemerkten das sogar.

Ein paar Wochen später kam heraus, dass ich schwanger war. Von Arno. Ich schämte mich so sehr, gab mir selbst die Schuld, weil ich mich doch plötzlich so aufreizend gekleidet hatte. Hatte mein Vater doch recht gehabt? Quatsch, natürlich nicht! Ich war nicht treudoof, aber eine solch altdeutsche Erziehung wie ich sie – sagen wir *genossen* – hatte, war wohl bloß in solchen Familien wie meiner möglich. Mein Vater hatte die Macht dazu, mich klein zu halten, und meine Mutter war gestorben, als ich zwölf war. Meine Kindermädchen waren jede mindestens über sechzig, mein Gott, no chance for free living, my dear!

Kurz und gar nicht gut: Jonas kam zur Welt, weil eine Abtreibung zu spät gewesen wäre, wie mein Vater das gewollt hatte. Er versuchte, den Namen des Kindsvaters aus mir herauszuprügeln, als ich sichtbar schwanger war. Vielleicht hat Jonas dabei den Schaden erlitten. Wie sich nämlich herausstellte, kam Jonas geistig behindert zur Welt. Ich sagte mir, das sei die Strafe für mich, und auch für Arno. Doch ich blieb mit meinem Geheimnis allein. Arno war nach seinem Wehrdienst weit weg. Er studierte in Odessa am Schwarzen Meer. Mein Vater verkaufte unsere Firma, enttäuscht von mir und der Welt. Trotzdem, oder gerade deswegen, hinterließ er mir das Familienvermögen. Damit ich auch mal *Verantwortung* trage.

Die Zeit verging, Jonas wurde groß, und ich gab ihn in eine Einrichtung, eine *sehr teure* Einrichtung, die für ihn das Beste ist, und wo ich ihn oft besuchen kann.

Vor sechs Jahren dann suchte ich Kontakt zu Arno. Ich konnte diese langen Jahre kaum eine Nacht schlafen, ohne an ihn zu denken, mit dem Geheimnis in meiner Brust, das mich fast zerriss. Ich konnte keinen Mann ansehen, ohne die Vergewaltigung zu spüren, geschweige denn mich verlieben, heiraten und noch mal Kinder bekommen. Nein. Arno hatte mein Leben zerstört. Trotzdem wollte ich nicht *ihn* ruinieren. Er kam dann zu dem Treffpunkt, ich erzählte ihm von Jonas. Ich hoffte, er würde vernünftig reagieren, weil ich ihn doch nie verraten hatte. Er aber dachte, ich wollte ihn erpressen und beschimpfte mich höllisch. Jedenfalls ging er wieder auf mich los. Ich weiß nicht, ob er mich umbringen wollte – oder wieder vergewaltigen, denn ich hatte mich sehr hübsch gemacht."

Michael erinnerte sich an eine Diskussion unter den

Kursteilnehmern der angehenden Detektive. Es sei psychologisch erwiesen, Frauen würden sich oft noch mal richtig aufbrezeln, bevor sie Suizid begingen. Selbst im Tod sollte kein Makel ihr Bild zerstören.

Claudia redete weiter, als sei er gar nicht vorhanden, murmelnd und mit geschlossenen Augen: „Was ich damals fühlte, waren Hass und Liebe zugleich, und ich hasste mich selbst am meisten. Wie oft hatte ich mich mit dem Gedanken an Selbstmord auseinandergesetzt, und nun war die Gelegenheit dazu gekommen. Nein, schrie ich ihn an, er sei ein Arschloch, er hätte alles von mir haben können! Ich sprang über den Rand des Steilufers und schlug unten am Kiesstrand auf. Ich war sofort bewusstlos. Arno verschwand, ohne mir zu helfen. Zwei junge Leute am Strand hatten meinen Sturz von weitem beobachtet und mich ins Krankenhaus gebracht. Arno ist seither unauffindbar geblieben – bis jetzt."

Sie zitterte. Tränen bahnten sich einen Weg über ihre Narbe.

Ob sie echt waren, bezweifelte Michael, aber sie taten ihre Wirkung: Er kämpfte um Worte. Sollte er ihr sagen, Arno sei ebenfalls „abgestürzt", aus dem Leben auf die Straße! Er musste sich erstmal der giftigen Blitze aus Janas grünen Augen erwehren, bevor er etwas sagen konnte.

„Das tut mir fei schon leid, Claudia."

Sie hatte sich sehr schnell wieder gefangen: „Die Floskel kannst du dir sparen. Du wirst sehr gut bezahlt dafür. Also tut es das nicht." Aller Kummer wich aus ihrem Gesicht und machte Platz für eine erstaunliche Härte, die der Tischplatte aus Marmor zwischen ihnen in nichts nachstand. Sie presste ihre Lippen aufeinander, als sei nun genug geredet.

„Also los, Mike! Geh jetzt!"

Jana kam Claudias indirektem Befehl, Michael hinaus-zubegleiten, ohne zu zögern nach.

Nein, sagte sich Michael auf der Rückfahrt nach Ro-senheim, dies alles konnte nicht die ganze Wahrheit sein. Auch wenn es ihm gegen den Strich ging: Er musste mit der Polizei reden. Allmählich blickte er durch. Drei Tote waren drei Opfer zu viel – ein viertes würde er zu verhindern wissen!

Und den Scheck hatte er wieder nicht bekommen! „Zefix!"

Zorn

Am Vormittag war sie noch in das weite, sariartige Kleid gehüllt. Jetzt trägt sie ein knielanges Ballkleid, angedeutete Plateausohlen an ihren roten Lackschuhen, und vielleicht zum ersten Mal in ihrem Leben Lippenstift. Schüchtern zwinkert sie Arno zu, der gerade so betrunken ist, es zu bemerken. Er tuschelt mit seinen Kumpels, Piet und Heino, während er zu ihr rüberschaut. O Gott! Er kommt auf sie zu.

Samba Pa Ti.

Noch während des Stücks gehen einige nach draußen. Auch Arno nimmt die heiße Hand des Mädchens und zieht sie an die frische Luft. Das Mädchen ziert sich nur pro forma. Sie kichert nicht wie die anderen, die sich von ihren Jungs abknutschen lassen, als wäre es das letzte Mal – was bei den meisten auch stimmt.

Sie schaut ihn nur an. Fasziniert von seiner Nähe. Im Park auf der gegenüberliegenden Seite der Turnhalle hat das Licht der Stadt keine Chance, Winkel und Ecken unter Bäumen und hinter Büschen zu beleuchten. Grillen zirpen. Der Mond ruht als dünne Sichel über der Stadt. Ohne einen kühlenden Hauch liegt Sommernachtswärme über dem Rasen wie eine flauschige Decke.

Der Junge redet auf das Mädchen ein, zischt wie eine Schlange kurz vor dem Zubeißen, damit niemand hört, was er sagt. Sie atmet heftig, kopflos. Hätte sie nur die Bowle stehen lassen. Sie hat doch nur gewollt, dass die anderen ihn in Ruhe lassen, und jetzt schimpft er sie deswegen aus. Er schubst sie mit beiden Händen.

Plötzlich liegen sie im Gras. Für einen Moment bleibt

ihr die Luft weg von dem Aufprall. Erschreckt reißt das Mädchen die Augen auf. Wer sind die beiden, die mit weißen Augenmasken wie auf einer Rokokoparty ihre Arme festhalten, bis sie in Flammen stehen. Im nächsten Moment spürt das Mädchen diesen Schmerz kaum mehr. Sein Whiskyatem brennt sich in ihr Gedächtnis wie ein Tattoo.
Er kann ja nichts dafür.

30. Kapitel

Kurz vor Stephanskirchen fuhr er rechts ran und wählte die Nummer der Miller'schen Klinik. Gerald stand wie immer unter Stress, aber vielleicht war das auch ganz gut so. So rückte er eilig mit ein paar Antworten auf Michaels Fragen heraus, für die er sich sonst Zeit zum Überlegen und sicher auch zum Verschweigen genommen hätte.

Ja, der *Schwan* sei unter dem Namen *Bruno Ebert* in die Klinik eingeliefert worden. Nicht als Arno Ellers. Aber Gerald hatte den Kerl ja schließlich unter seinem alten Namen erkannt. Der Hauptkommissar, ja der lange, dürre, habe mit Gerald gesprochen, und eigentlich war er es, der Kommissar, der für den falschen Bruno Ebert einen Tag vorher die Papiere ausgefüllt hätte. Er habe als eine Art Vormund fungiert, weil Arno alias Bruno so schwer krank war – ja, AIDS sei bei ihm ausgebrochen, eine schwere Lungenentzündung habe er gekriegt, weil er sich angeblich mal irgendwo an einer Fixer-Nadel infiziert habe. Er, der Kommissar und ein gewisser Herr Zieringer – das ist doch dieser Stadtrat, der – egal – jedenfalls seien die beiden es gewesen, die ihn ein paar Wochen zuvor aufgelesen, ins Klinikum Rosenheim und später zum Margaretenhof gebracht hätten.

Wie ein Blitz schlug bei Michael das Wort ein: *gebracht!* – Piets letztes Wort! Im Sterben hatte er ihm sagen wollen, er hatte Arno ins Heim *ge*-bracht, nicht *um*-gebracht.

Gerald plärrte ungebührlich laut ins Telefon: und ja, der Kommissar habe ihm Verschwiegenheit abgefordert. Genau wie Gerald erneut von Michael: „Halt dich bitte dran – von mir hast du das jetzt auf keinen Fall, gell!"

Michael haute es fast vom Fahrersitz. Soeben hatte ihm Gerald bestätigt, Arno Ellers Identität war zuletzt demnach im Margaretenhof: Bruno Ebert! Heino und er hatten Arno „aufgelesen" und ihn unter anderem Namen ins Heim gebracht. Ein „Penner", was macht das schon! Den Nachnamen hatten sie ähnlich wie das Original klingen lassen.

Deshalb also war Piet, kurz bevor er erschossen wurde, noch einmal im Margaretenhof gewesen: Papierkram erledigen wegen „Bruno". Arno Ellers alias Bruno Ebert! Der Kerl war erfolgreich untergetaucht, nachdem er dachte, er könnte wegen Mordes an Claudia gesucht werden. War das ein ausreichender Grund, sein Leben hinzuwerfen? Ob er überhaupt von Claudias Überleben wusste, fragte sich Michael. Seine Lage wäre dadurch zwar auch nicht viel besser geworden. Er musste dann immer noch fürchten, sie könnte alles ans Licht bringen. Beides keine schönen Aussichten, nicht für Arno, und nicht für die anderen zwei Herren!

Claudia hatte erwähnt, dass sie zumindest mit Piet Kontakt hatte. Jeder Gedanke an Claudia und Arno musste Heino und Piet Angst verursacht haben, ihre freundliche Mitwirkung bei einer Vergewaltigung stünde morgen in allen Tageszeitungen.

Pünktlich um 14:00 Uhr traf Michael im Präsidium ein. Sonja Atabani, die Zeugin bei Piets Ermordung, war ebenfalls anwesend. Kriminalhauptkommissar Obermeier hatte Piet Maurers Fälle übernommen und begrüßte die zwei Zeugen. Zuerst hörte er sich an, was Frau Atabani auszusagen hatte. Sie sei Grundschullehrerin, stellte sich die blasse, kindhafte Frau vor, und verheiratet mit einem gebürtigen Iraner, einem Ingenieur. Dann schloss sich die Tür hinter ihr und Obermeier.

Michael wartete dreißig Minuten, bis er dran war. Es wurmte ihn, ausnahmsweise pünktlich erschienen zu sein, um dann nutzlos herumzusitzen.

KHK Obermeier machte einen ganz und gar gemütlichen Eindruck. Als Wirt eines Biergartens wäre er genauso gut durchgegangen. Erst, als er den Mund aufmachte, widerlegte er seinen äußeren Eindruck. Sein rosiges Gesicht bekam ab und zu rote Flecken mit Besenreisern wie Spinnennetze. Er schaute sich den Fragebogen an, den Michael vorhin ausgefüllt hatte.

„Sie also sind dieser Detektiv."

„Warthens", stellte Michael klar. „*Geprüfter* Detektiv."

„Meinetwegen. Sie waren als Erster an Hauptkommissar Maurers Wagen, nachdem ihn der Schuss getroffen hatte. Warum waren Sie eigentlich so schnell am Tatort?"

Michael wusste, worauf er hinaus wollte. Von wegen Zeugenanhörung. Dies sollte ein *Verhör* werden!

„Ich kenn den Piet seit meiner Schulzeit. Ich hab ihn zufällig gesehen, wie er an mir vorbeigefahren ist. Wir haben in letzter Zeit Kontakt gehabt wegen der Sache mit'm Heino Zieringer.

„Moment mal!", unterbrach ihn Obermeier harsch. „Sie meinen, wegen des *Falls* Zieringer?"

Michael nickte. „Mhm."

„Ja oder nein!"

„Ja! Das müsste doch in Piets Akten stehen. Ich bin als einer der Ersten von ihm vernommen worden."

„Wieso?"

„Weil ich am Vorabend seines Todes noch beim Heino war. Er ist – *war* ebenfalls ein Schulfreund."

„Eine Menge Freunde haben Sie aus der Schulzeit, finden Sie nicht?" Obermeier sprach zwar Schriftdeutsch. Seine fränkischen Wurzeln konnte er damit trotzdem nicht verbergen.

„Tut mir leid, wenn Sie...", *keine Freunde haben*, wollte Michael sagen, riss sich aber zusammen, um sich nicht gleich mit dem Kripomann anzulegen, und sagte stattdessen „... nicht informiert sind."

KHK Obermeiers Wangen glühten auf.

„Richtig! Ich bin *nicht informiert*! Und wissen Sie auch warum? Weil Kollege Maurer Sie nirgends in den Akten erwähnt. Sie tauchen einfach nicht auf! Wenn es stimmt, dass Sie vernommen wurden, dann erklären Sie mir, warum da nichts von Ihnen steht!"

„Woher soll ich das wissen!" Und ob er das wusste. Piet hatte ihn, den „Schnüffler", aus dem Spiel gekickt, nachdem er ihn an der Kirche erkannt hatte. Raushalten musste er Michael, damit er nicht selbst in Verdacht kam. „Herr Kommissar, ich bin damals gesehen worden im Präsidium, Polizisten waren dabei, und bestimmt haben Sie hier drinnen Kameras, die mich mit'm Piet an dem Tag auf'm Flur zeigen, oder im Verhörraum. Außerdem haben mich zwei Beamte von daheim abgeholt und da hergebracht. Das ist ganz sicher dokumentiert. Ein Fahrtenbuch oder so was in der Richtung werden die ja haben, oder...?"

Die Festigkeit, mit der Michael sich verteidigte, überzeugte Obermeier in keiner Weise. „Ich lasse das überprüfen. Gehen wir davon aus, er hat Sie in Verdacht gehabt, und nehmen wir weiters an, er hat Sie einfach so gehen lassen, weil ein Täter festgenommen werden konnte. Warum sind Sie dann am Tag seiner Ermordung seinem Wagen nachgefolgt? Für Sie war doch alles erledigt.“

„Wir haben auch privat miteinander zu tun gehabt“, log Michael, ohne rot zu werden. „Es ist um eine Schulfreundin gegangen.“

„Schon wieder? Allmächt!“

„Was?“

„Wieder die Schule. Diesmal eine Freundin. Wissen Sie, was ich glaube? Ich glaube, und das sagt mir mein vierzigjähriger Dienstriecher: Diese Schulfreundin, Kollege Maurer und der Stadtrat – und Sie, sie bilden ein Kleeblatt, das auf einem gemeinsamen Stängel gewachsen ist.“

„Mei, schön. Ein Glückskleeblatt, gell. Und das hören Sie aus meinen wenigen Worten?“ Michael fühlte sich ertappt.

„Genau. Ich behaupte ja nicht, dass was faul ist an euch. Aber Kollege Maurer ist im noch nicht abgeschlossenen Fall Zieringer unterwegs, Sie hinterher, er wird ermordet, und nun kommen Sie mir mit einer gemeinsamen Schulfreundin. Als Detektiv dürften Sie mehr mit der Kombinationsgabe von Profis rechnen.“

Der Stich saß. Profis! Als sei Michael ein blutiger Laie.

„Jetzt sagt Ihnen dieser Detektiv mal was: Der Fall Zieringer ist deswegen noch nicht abgeschlossen, weil der arme Junkie, den Sie hopsgenommen haben, gar nicht der Mörder ist. Der hat den Heino doch nur beklaut, weil die Gelegenheit bei einem Toten günstig war.“

„Und? Wer war's dann, Ihrer Meinung nach?"

„Piet."

Obermeier verstummte für einige Sekunden. Er glättete sein schütteres, dünnes Rothaar mehrmals, bevor er redete: „Allmächt, na! Jetzt glaub' ich's aber bald selber!", stieß er überraschend aus, als sei er von einer Last befreit.

Michael verstand zunächst nicht, was er damit meinte. Obermeier lehnte sich zurück und verschränkte die Arme vor seiner gewaltigen Brust.

„Ich musste sichergehen, wollte zuerst hören, was Sie dazu sagen. Wissen S', wir haben ja in alle Richtungen ermitteln müssen, besonders wegen der unseligen Entwicklung zwischen Zieringer als Kaufhauseigentümer und seiner Funktion als Stadtrat, weil er im Interessenkonflikt stand zwischen den Erweiterungsbauten seiner Firma, dem neuen Gewerbegebiet am Stadtsee und dem städtischen Baurecht. Da hätte es schon Anlässe geben können für handfeste Konfrontationen. Aber die KTU überprüfte Zieringers Handykontakte. Dabei fiel auf, Maurer und er hatten sich in den letzten Monaten sehr viel zu sagen. Auch über SMS. Wir wissen sehr wohl, dass Herr Maurer mit Zieringer in der Nacht vom 9. auf den 10. Oktober Streit hatte. Weshalb, allerdings nicht. Der Wirt vom Klosterkeller hat uns gestern deren offenbar äußerst erregte Auseinandersetzung dort bestätigt. Und jetzt sagen sogar Sie, Zieringer und Maurer könnten aneinandergeraten sein.

Auf der Kamera, die den Platz überwacht, kann man nur schwer erkennen, ob es Maurer und Zieringer waren, die sich dort in der Nacht ein Handgemenge lieferten. Falls ja, dann muss Maurer Zieringer gestoßen haben, er fiel auf einen Betonvorsprung und blieb mit dem Gesicht nach unten in der Rinne liegen. Die Auswertung der Aufzeichnung ergab, dass unser verdächtiger Junkie ihn zumindest nicht gestoßen hat. Sie, Herr Warthens, kamen bei mir nach dem Mord am Kollegen Maurer dann gleich in die engere Wahl als Kandidat für Zieringer. Sie haben aber eine völlig andere Statur als der große, schlanke Maurer."

Zum ersten Mal, seit er ihn hatte, freute sich Michael über seinen Bauchansatz.

„Danke schön. Wissen Sie, ich frag mich dauernd", überlegte er und faltete die Hände, „wenn Piet den Heino geschubst hat, warum hat er ihm dann nicht rausgeholfen aus'm Wasser? Hat er ihn ersaufen lassen wie einen kleinen Kater, den keiner haben will?"

Obermeier schluckte. Die Frage war ihm sichtlich unangenehm. Schließlich nahm diese Möglichkeit eine Dimension an, die Obermeiers Kollegen Maurer in eine Reihe mit niederträchtigsten Verbrechern stellte.

„Die Aufnahmen der Kamera ergeben da keine großen Aufschlüsse", bog er Michaels Vermutung zurecht. „Es war dunkel, die zwei befanden sich in einem Schattenbereich zwischen zwei Straßenbeleuchtungen, und die Kamera selbst ist relativ weit entfernt vom Tatort. Unser Verdächtiger, der drogenabhängige Junge, sagte aus, derjenige, der Zieringer den Stoß versetzt habe, sei über seine Anwesenheit erschrocken. Maurer, falls er es war, dachte wohl, der Junkie könnte ihn identifizieren. Zieringer einfach verletzt liegen zu lassen, das war sicher nicht seine Art. Aber er musste damit rechnen, der Stadtrat würde ihn später wegen Körperverletzung belangen."

„Oder Heino ist doch schneller gestorben, wie die Gerichtsmedizin das festgestellt hat, nämlich gleich nach dem Hinfallen", spekulierte Michael. „Piet hat gemerkt, was er da angestellt hat, und er ist vor dem Zeugen davon gelaufen.

Als Bull... – ah, Polizist hat er ja gewusst: Die Kamera wird ihn nicht eindeutig präsentieren.“

„Gewiss ist das nicht.“ Obermeier schüttelte den Kopf. „Maurer *nahm an*, sein Opfer sei sofort tot gewesen. Unser Tatverdächtiger hat gestanden, Zieringer nur deshalb Telefon und Brieftasche abgenommen zu haben, weil auch er glaubte, bei einem eh schon Toten sei das kein Problem. Zieringer aber schlug die Augen auf, und da drehte der Mann durch und drückte Zieringers Gesicht noch mal ins Wasser, so lang, bis der sich nicht mehr bewegte. Die Gerichtsmedizin irrt da ganz g’wiss nicht, glauben Sie mir!“

„Logisch“, gab Michael nach. „Dann bin *ich* ja wohl endgültig aus dem Schneider! Und wegen Piet...?“

„Wie gesagt, nachdem jetzt auch der Kollege Maurer getötet wurde, haben wir zuerst an Sie gedacht. Aber Frau Atabani konnte Sie vorhin eindeutig entlasten.“ Er öffnete eine Schublade und holte einen transparenten Plastikbeutel heraus.

„Hier, Ihre Waffe.“

Emotionsfrei nahm Michael seine Walther in Empfang. Die tödliche Sache mit Piet und Heino ließ ihn dennoch nicht los: „Was denken Sie, war das Motiv für den tödlichen Streit von Piet mit Heino Zieringer?“

„*Sie* sind doch der Schulfreund! Ich hoffe, *Sie* können uns aufklären, Herr Warthens.“

Michael erzählte die Geschichte, Heino und Piet hätten einen weiteren Schulspezi – (Obermeier wiegte grinsend seinen Kopf wie ein Elefant im Käfig über die galoppierende Inflation von *Schulfreunden* in seinem Büro) – nämlich Arno Ellers.

Obermeier stutzte.

„Wie? Etwa *der* Arno Ellers?“

„Genau. Der in der Miller'schen Klinik ermordet worden ist."

Da der Hauptkommissar wie ein Fisch nach Luft schnappte – denn Außenstehende sollten aus ermittlungstechnischen Gründen schließlich auch jetzt noch nicht davon in Kenntnis gesetzt werden – besänftigte Michael ihn: „Keine Angst, ich sag schon nix weiter. Vor einiger Zeit haben die zwei ihn nämlich heimlich in ein Heim für obdachlose Senioren gebracht, und darüber sind sie wohl ins Streiten gekommen."

„Wegen der Kosten?"

„Naa, wegen ihrer Vergangenheit! Die drei müssen in ihrer Jugend was angestellt haben, das sie heute so sehr kompromittieren würde, dass die Bande gesellschaftlich und beruflich ruiniert gewesen wäre." Was sie – laut Claudia – wirklich verbrochen hatten, hielt Michael geflissentlich zurück. „Der Arno war schon reichlich ramponiert wegen der Sache, und deswegen war er für die zwei ein Unsicherheitsfaktor, der ruhiggestellt werden musste. Ob Piet und Heino sich mit Arno abgesprochen haben, dass er den Mund halten soll, weiß ich nicht."

Obermeier wedelte mit einer Hand locker in der Luft herum, als könnte er Michaels Worte damit fortwischen. „Moment mal! Sie glauben also, Arno Ellers sei in eine kriminelle Sache verwickelt gewesen, die weit über dreißig Jahre zurückliegt, und die beiden anderen Herren ebenso?"

„Mhm", gab Michael zu. „Der Arno ist ja dann echt ermordet worden in der Klinik in Griesstätt, und keiner weiß, von wem. I glaub zwar nicht, dass es der Piet war."

„Sicher nicht, Herr Warthens. Wir glauben das auch nicht. Ich habe ja mit ihm zusammen den Fall in der Klinik aufgenommen. Er hätte überhaupt kein Motiv. Und eine

Jugendsünde? Allmächt, na. So ein G'schmarri!"

Michal war heilfroh, dass Obermeier nicht nachbohrte, welche Tat die drei auf ihre Buckel geladen hatten. Sonst hätte er schon wieder lügen müssen.

„Gibt's denn schon was Neues, im Fall Arno Ellers?"

Obermeier deutete mit einem schwachen Nicken an, wie wenig die Kripo inzwischen vorangekommen war.

„Die Spurensicherung am Tatort, also im Krankenzimmer, hat kaum Erkenntnisse gebracht. Auf dem Messer, der Tatwaffe, waren nur verwischte Fingerabdrücke, keine verwertbaren DNA-Spuren, und das Messer selbst stammt aus einer Allerweltsproduktion in Thüringen."

Obwohl ihn das nicht weiterbrachte, registrierte Michael erfreut den unerwarteten Auskunftswillen des alternden Hauptkommissars.

„Hat's eigentlich keine Zeugen gegeben? Ich meine, jemand muss doch was gemerkt haben bei dem Trubel in der Klinik."

„Es war nach dem Frühstück, alles war abgeräumt. Das einzige, was den Schwestern auf dem Flur aufgefallen war, weil zu dem Zeitpunkt kein Araber auf dieser Station lag, waren zwei saudische Frauen."

„Aus Saudi-Arabien?"

„Woher sonst kämen saudische Frauen! In der Klinik lassen sich viele arabische Scheiche – oder sagt man Scheichs – wurscht, und deren Familien da behandeln. Das ist nix Abwegiges, wenn da welche voll verschleiert rumlaufen. Und Frauen – nein, die täten nicht so oft und kräftig zustechen, stand im Bericht der Gerichtsmedizin."

„Voll verschleiert", wiederholte Michael. Spontan überlegte er, das könnte eine prima Verkleidung für Piet und Heino gewesen sein. Aber warum – wenn sie Arno kurz zuvor noch dorthin verholfen hatten. Seine Zweifel schlossen fast alle weiteren Möglichkeiten aus – es blieben nicht mehr viele übrig.

Wiedersehen

Zur Hundertjahrfeier des Gymnasiums dirigiert ein bayerischer Minister, der an dieser Schule sein Abitur gemacht hat, persönlich das Schulorchester. Ein Medley.

Ein weißblonder Mann mit dunklen Augenhöhlen sitzt in einer der vorderen Reihen zwischen einem Stadtrat, dessen Frau und einem ehemaligen Schüler, der wegen einer Verletzung mal nur beinahe an Olympischen Spielen teilgenommen hätte – in Los Angeles. Ihm bleibt ein Sieg beim Polizeimarathon. Nach der Eingemeindung der ehemals eigenständigen Dörfer Westerndorf St. Peter, Pang u. Aising, 1978, und noch lange Jahre nach Auflösung der Stadtpolizei in Rosenheim, 1972, benötigte die Bayerische Landes- und Bereitschaftspolizei mehr Personal. Der „Marathonmann" belegte Lehrgänge, ging zur Kripo und ist nun Kriminalkommissar.

Die Frau, die anlässlich der Hundertjahrfeier in einer der letzten Reihen Platz genommen hat, trägt ein weites, dunkles Kleid, das an einen Sari erinnert. An sie selbst erinnert sich niemand. Sie beobachtet die drei Herren, als die Gäste später draußen auf dem erweiterten Schulhof stehen und endlich rauchen können. Bei der Gelegenheit vereinbaren sie ein Treffen ihrer gemeinsamen Abiturklasse. Ist ja schon wieder zwanzig Jahre her ...

Herr Hofner hat keinen Schnauzer mehr. Nicht einmal Tracht. Er schaut zu ihr herüber, während er den drei überraschten Herren die Hände schüttelt. Als erinnert er sich doch – an eine ähnliche Situation.

Arno gibt ihm Feuer für seine Zigarette. Rauchen ist jetzt offenbar erlaubt auf dem Schulgelände.

31. KAPITEL

ALS ZEUGE hatte Michael für diesen Nachmittag ausgedient. Ein merkwürdiges Gefühl im Magen sagte ihm, dass ihm vor Hunger sehr bald schlecht wurde. Er brauchte dringend Brennstoff, um nicht umzukippen. Oscar? Zu teuer. Vom Automat ein paar Scheinchen ziehen ließ sein Überziehungskredit nicht zu. Aber es gab noch eine Lösung. Er gehörte schließlich selbst in seinem Alter zu der Generation, die angeblich von den Unterstützungen ihrer Eltern, Omas und Opas profitierten. Gut, hatte er jetzt nicht. Aber Tante Berti.

Gerne hätte er ihr den Scheck für seine Arbeit präsentiert. „Nur blöd, dass mein Klient mich so lang hängen lasst."

Berti sah aus, als flunkere ihr Neffe wie Münchhausen persönlich.

„Ein Scheck. Bärig. Aber sonst geht's dir gut?"

„Keine Ahnung, ich hab noch nix g'essen. Ich bin schon ganz damisch."

„Passt schon." Sie drückte ihm ein paar Scheine in die Hand. „Aber nur geliehen, des merkst dir!"

„Merci, Frau B.M.W."

Sie schubste ihn sanft aus ihrem Apartment.

„Gib bloß a Ruh!"

Ob Conny ihn zu Ossi begleiten würde? Er probierte es einfach – und hatte Glück. So spontan sei sie zwar sonst nicht mit dem Ausgehen, sagte sie, aber wenn er ein paar Minuten warten könnte.

18:57 Uhr, fast schon Schneewind

Gegen sieben saßen sie im Klosterkeller und stießen darauf an, was Michael bis jetzt herausgefunden hatte. „Da war aber viel Zufall im Spiel, oder?"

Michael lachte.

„Musst du mich gleich wieder runterziehen?"

„Freilich."

„Zufall war's nicht, dass ich das Foto gefunden hab, und dass ich mehr über den Piet weiß als die Polizei. Deine Ratschläge haben einfach genau passt!"

Sie sei schließlich *Beraterin*, definierte Conny ihr Mitwirken, wenn auch keine kriminalistische, dafür eine esoterische.

Oscar hatte ein Anliegen.

„Hör mal, Mike, wenn du schon ein aufstrebender Unternehmer in Sachen Kriminalität bist, kannst du dann mal ermitteln, wer mir ständig das *S-T-E-R* im Schriftzug auf meiner Wirtstafel draußen schwärzt?"

Michael berichtigte: „Kleinstunternehmer, Oscar. Alleinfirma, gell." Er überlegte, was er mit seiner Frage gemeint hatte, und kam zu dem Schluss, dass der Täter ein ziemlicher Witzbold sein musste. „Wenn da jetzt *Klo*-Keller draufsteht, kommen dann alle Passanten zu dir zum...?"

„Genau."

„Ich kümmer' mich drum."

„Hoffentlich hast du auch kleinste Tarife, als Kleinstunternehmer!", frotzelte Oscar.

Michael erinnerte ihn daran, dass er ihm sowieso noch etwas schuldig sei.

„Dann sind wir aber quitt."

Conny versuchte es mit einem Salat und gebratenen Tofustreifen, ein Gericht, das Ossi vermutlich das Grausen lehrte, aber dann doch öfter bestellt wurde, als er seinen Gästen zugetraut hatte. Michael putzte erneut einen Berg Spareribs weg. Sie tranken Wein. Viel Wein. Um kurz nach neun erschrak Michael beim Anblick von Frau Müller. Patricia! Sie kam in Begleitung und direkt in die Gaststube. Irgendwoher kannte Michael den Mann an ihrer Seite.

Conny tippte Mike an.

„Schau mal. Da ist doch deine neue Duzfreundin, oder?" Offenbar hatte sie sich die Dame im Café Bergmeier genau gemerkt.

Mike war direkt froh, dass Patricia nicht allein unterwegs war. Jetzt entdeckte sie ihn und machte einen Schwenk an seinen und Connys Tisch.

„Hallo Michael. Auch hier?"

Sofort fiel ihm dieser besondere Blick bei Conny und Patricia auf, der immer dann, wenn sich zwei Frauen zum ersten Mal begegnen, über ihre Gesichter fliegt, eine kurze, abschätzende Musterung im vermeintlich unbeobachteten Moment, Freundin oder Feindin? Konkurrenz oder nicht? Dicker Hintern oder leider zu gute Figur?

„Du ja auch", sagte er etwas zu schroff und entschärfte den im Grunde als Witz gemeinten Satz mit einem Lächeln. „Darf ich vorstellen, Frau Linden – ah, Conny. Conny, das ist die Frau Müller, die jetzt unser ehemaliges Gymnasium – sagt man *sekretiert*?"

Patricia lachte auf.

„Das ist gut. Wohl eher *archiviert*", korrigierte sie in Anspielung auf die Schul-Chronik. „Angenehm."

Die zwei Frauen schüttelten sich mit so schwachem Druck die Hände, dass es nicht danach aussah, als wäre es ihnen wirklich „angenehm".

Patricias Begleiter stand etwas abseits, hielt sich in voller Absicht im Hintergrund, als sei es ihm peinlich, hier zu sein.

Michaels Blut schoss ihm heiß in den Kopf.

War das nicht...? Die Statur kam genau hin! Er tastete nach seinem Handy.

Patricia zog ihren Freund mit sanfter Gewalt an der Hand näher.

„Das ist Adam... äh, wie heißt du eigentlich mit Nachnamen?" Eilig versuchte sie zu erklären, sie hätten sich heute Nachmittag erst richtig kennengelernt, obwohl er doch oft ins Sekretariat komme, wenn er was mit dem Paketdienst ablieferte, und dann, ja heute habe es gefunkt.

„Servus." Michael entschuldigte sich. „Ich muss mal dringend in die Keramikabteilung." Er schloss sich in einem Kammerl neben dem Urinalabteil ein und rief das Präsidium an. Ja, sie sollten sofort Hauptkommissar Obermeier verständigen. Ja, der Mann *ist* es, und er sei soeben in den Klosterkeller gekommen.

Piets Mörder ging mit Patricia aus! Nicht zu fassen! Der hatte die Figur des Mannes, der von Piets Wagen weggerannt war, groß und breit wie ein Boxer, trug dieselbe lange, azurblaue Jacke und diese merkwürdige Frisur, nach hinten gebundene, gelbliche Haare mit zwei, tatsächlich *zwei* Zöpfchen im Nacken. Wegen dieser drei Gegebenheiten allein stand nicht fest, dass er es wirklich war. Doch sein zögerliches Verhalten bei der Vorstellung durch Patricia hatte Michael alle Scheu genommen, Obermeier zu verständigen.

Als er zurück an ihren Tisch kam, saßen Patricia und ihr Adam am selben Tisch, den Heino bis vor kurzem immer für sich reserviert hatte.

„Conny, es könnte sein, dass hier gleich ein paar Polizisten auftauchen.“

„Ich weiß.“

„Wie bitte?!“

„Der Kerl benimmt sich nicht besonders sympathisch, du klammerst dich an dein Handy, während du aufs Klo gehst, und außerdem kann ich hellsehen.“

„Gib's zu, du *weißt* es nicht, du *ahnst* es.“

Conny schmunzelte.

„Sollen wir vorher gehen?“

Er schüttelte den Kopf.

„Das lass ich mir nicht *ent*gehen.“

Zehn Minuten später betraten zwei Herren das Lokal und sahen sich um, als suchten sie einen freien Platz.

Michael roch förmlich die Beamten an ihnen. Er suchte ihren Blick und zeigte mit dem Kopf hinüber zu Patricias Tisch. Adam sah sofort, was los war. Wenn Gefahr drohte, hatten solche Typen einen siebten Sinn.

Er entlarvte die beiden Männer richtigerweise sofort als „Bullen“, sprang auf und warf den Tisch um. Frauen kreischten. Postwendend schnappte Adam sich Patricias Arm, zog sie zu sich und umklammerte sie von hinten mit brutalem Griff. Patricias Augen weiteten sich vor Schreck – und Angst. Adam drückte ihr eine Pistole an die Schläfe, wahrscheinlich die Waffe, fürchtete Michael, mit der er Piet getötet hatte.

Die Beamten zielten auf Adams Kopf.

„Polizei! Lassen Sie die Frau los und legen Sie die Waffe nieder!" Sie waren nur fünf Meter von ihm und Patricia entfernt. „Bleiben Sie ganz ruhig. Wenn Sie die Frau loslassen, gehen wir hier alle raus, ohne dass jemandem was passiert."

Michael hatte seinen Arm schützend um Conny gelegt, die sich unter den Tisch geduckt hielt wie die anderen Gäste. Jetzt löste er den Arm von ihrem Rücken und stand langsam auf.

„*Drei* Pistolen gegen eine!", sagte er in ruhigem Tonfall, als sei das ein Cowboy-Spielchen. Er zielte mit seiner Walther-Schreckschusspistole, genau wie die Polizisten in Zivil, auf Adam. Die zwei überraschten Kripomänner schauten ein paar Mal hektisch von Adam zu ihm und wieder zurück, als wäre Michael nicht ganz bei Trost. Wenn Adam sich noch mehr unter Druck gesetzt fühlte, könnte er Patricia in Panik erschießen!

„Jasna cholera!", zischte Adam durch die Zähne. Derb stieß er Patricia von sich und stürmte nach hinten in Richtung Toiletten davon. Die Polizisten rannten hinterher.

Conny hielt Michaels Arm fest. Er machte Anstalten, ebenfalls hinterher zu sprinten.

„Spinnst du, Mike?"

Michael wusste, er hatte viel zu viel getrunken, als dass das nicht stimmen würde.

„Genau." Er drückte ihr einen schnellen Kuss auf den Mund, ohne dass sie sich wehren konnte. Erst dann schaute er nach Patricia. Sie wurde bereits versorgt. „Wir sind Sanis!", klärte ihn einer der beiden jungen Männer auf. „Die Kollegen sind schon verständigt."

32. KAPITEL

„WAS HAT DER geplärrt?", fragte Conny noch konsterniert von dem irren Verlauf des Abends. Zufällig kannte Michael den Ausdruck für Ähnliches wie „Verdammte Scheiße" von seinem polnischen Nachbarn, der ihn meistens dann gebrauchte, wenn ihn seine Frau mal wieder ausgesperrt hatte.

„Jasna cholera?", wiederholte er und schwindelte: „Ich glaub': *Vorsicht!*"

Gegen Mitternacht ließen sich Conny und Michael mit dem Taxi nach Hause bringen. Ihre Köpfe hatten sie zwar nach dem Schreck wieder freibekommen, nur ihre Promillewerte hatten sich noch nicht so weit aus ihrem Blut verabschiedet, um selbst fahren zu können. Conny zahlte ihre Wegstrecke, Michael stieg mit ihr aus. Der Fahrer stellte die Frage, ob er warten sollte und machte ein Gesicht, als erwarte er sowieso kein „Ja".

Michael schüttelte den Kopf.

Es war feuchtkalt unterm Nachthimmel. Conny zögerte, bevor sie sagte: „Du Mike, ich glaube nicht, dass das eine gute Idee ist."

„Was denn für eine?"

„Na, die an dieser Stelle übliche Frage des Mannes, ob er noch auf eine Tasse mit reinkommen kann."

Er lachte. So betrunken war er dann doch nicht.

„Ach so, du glaubst, weil ich das Taxi weggeschickt hab? Naa, es ist bloß – ich geh zu Fuß heim."

„Bei der Kälte?"

In seiner dünnen Jacke fror er tatsächlich gotterbärmlich.

„Freilich. Das macht den Kopf frei." In Wahrheit hatte er heute Abend einfach zu viel von Tante Bertis Kredit ausgegeben. Für die Wegstrecke zu ihm nach Hause reichte ihm die Kohle fürs Taxi nicht mehr.

Conny schmunzelte müde.

„Komm schon rein."

Jede Menge Polizei war kurz nach Adams Flucht aus dem Lokal dort vorgefahren. Obermeier sah übernächtigt aus und trug einen hochroten Kopf auf seinem stämmigen Hals, hatte sich aber wacker geschlagen bei seiner Ansprache an die Gäste, die ja nun alle zu Zeugen geworden seien und sich deshalb in den nächsten Tagen bitte zur Verfügung zu halten hätten. Personalien wurden aufgenommen.

Michaels Angaben nahm der Hauptkommissar persönlich als Sprachnotiz mit seinem Smartphone auf. Jener Adam habe Piet ganz sicher erschossen. Er war es, der vom Tatort flüchtete, kurz bevor Michael dort angehalten hatte. Warum, darüber könne man nur spekulieren. Ob er wegen einer Vorstrafe Rache an Piet genommen hatte, oder gar persönliche Motive vorliegen könnten, war zu diesem Zeitpunkt nur eine schwache Erwägung.

Michael versuchte, gedanklich eine Verbindung des Mannes mit dem unsichtbaren Foto-„Kleeblatt" herzustellen, scheiterte aber sofort und kläglich.

Eine halbe Stunde vor Mitternacht verkündete Obermeier nach einem Telefonat, man habe den Flüchtigen gefasst. Er sei in Gewahrsam. Man könne also beruhigt und gefahrlos den Heimweg antreten – und Michael dachte: Schön wär's, wenn um diese Zeit sonst keine Verrückten unterwegs wären und Leute anpöbelten.

Die Rettungsassistenten hatten Patricia über Nacht vorsorglich ins Klinikum der Stadt eingeliefert. Sie hatte zwar einen Schock erlitten, blieb aber sonst ohne Schrammen.

Dann war auch noch Oscar auf den Plan getreten und hatte die Gäste gebeten, doch bitte ihre Rechnungen sofort zu begleichen.

Kurz darauf hatte Michael ein schwarzes Loch in seiner Geldbörse und ein Taxiproblem gehabt.

„Du schläfst auf'm Sofa, okay?"

Was anderes hatte Michael sowieso nicht gedacht. Sie quatschten noch ein wenig beim Tee, der die richtige Menge Rum und Zucker zum Aufwärmen und Absacken enthielt. Adam, der Killer, spielte bald keine Hauptrolle mehr in ihrer Unterhaltung. Michaels Zunge kam ins Rollen, und er plauderte aus, was er bis jetzt niemandem verraten hatte: seinen Besuch bei Claudia, seine fürchterliche Ahnung, sie könnte den *Schwan* nämlich doch höchstpersönlich erstochen haben.

„Sie muss so was von gekränkt gewesen sein", überlegte er. „Wenn man bedenkt, sie hatten nur einmal Kontakt, einen kriminell brutalen, und gleich hat's *bumm* gemacht – peng. *Schwan*ger."

Conny seufzte.

„Und deshalb soll Claudia ihn…? Meinst du? Ich kann das kaum glauben. Aber wenn ich mich so in sie hineinversetze, ich erinnere mich genau: sie war ganz eindeutig in den *Schwan* verknallt, wie man nur als Jugendliche sein kann,

190

bedingungslos – nein: besinnungslos! Jahrelang ist sie dem Arno hinterhergelaufen. Heute würde man sagen, sie war eine Stalkerin! Eine von der schlimmsten Sorte, die ihrem Angebeteten wahrscheinlich heimlich Briefe geschrieben hat, ihm hinterher spioniert und aufgelauert hat. Wenn er sie ständig abgewiesen, ja immer wieder gedemütigt und ausgelacht hat, dann soll er sie trotzdem vergewaltigt haben? Falls das stimmt, dann musste sie ja irgendwann durchdrehen."

„Aber erst jetzt?"

„Ein wenig kenn' ich mich schon aus mit diesen Leuten, die versessen sind auf jemand", verriet Conny. „In meinem Beruf hab ich manchmal mit Stalkern zu tun. Die geben sich immer selbst oder anderen die Schuld, wenn sie bei ihrem Objekt der Begierde nicht landen. Nie dem oder der, denen sie nachstellen. Sogar noch nach Jahren. Möglich, dass sie sich nur einbildet, Arno hätte sie ... versteh mich richtig: manche Stalker verwechseln Fantasie mit Realität.

Wenn Arno sie aber tatsächlich mit freundlicher Hilfe von Piet und Heino vergewaltigt hat, dann höchstens, um ihr einen Denkzettel mitzugeben – aber das wäre dann ganz schön zynisch, und womöglich zu barbarisch von mir gedacht."

„Conny!", unterbrach Michael sie und sah ihr fest in die nicht mehr ganz so klaren, dennoch wunderschönen Augen, „sie hat einen behinderten Sohn. Von Arno!"

„Was?" Conny hielt es nicht mehr auf ihrem Sessel. „Du sagst jetzt sofort dem Obermeier, was du weißt! Mike, wenn das stimmt, und sie sich diesen Sohn nicht nur einbildet, dann *hat* Claudia Arno umgebracht! Sicher!"

Da das nichts ganz Neues für ihn war, schob er die Entscheidung vor sich her.

„Langt das auch noch morgen?“

„Wahrscheinlich“, gab Conny nach.

Er schlug vor, sich jetzt ein paar Stunden auszuruhen. Beide waren mittlerweile übernächtigt und hatten immer noch mit ziemlichen Promillewerten im Blut zu kämpfen.

Mit Schlafzimmerblick lächelte er sie an.

„Ich hätt’ da aber schon noch zwei Fragen.“

Erleichtert, dass Michael nur Fragen und sonst nichts anstrebte, schaute sie erwartungsvoll auf seine Lippen.

„Was bist *du* eigentlich für ein Sternzeichen?“

„Damit kommst du *jetzt* daher?“

„Ich wollt dich die ganze Zeit schon fragen.“

„Also gut: Zwilling.“

Michael tat ratlos. „Und was bedeutet das?“

„Für wen?“

„Würden Zwilling und Widder zusammenpassen?“

Conny schluckte.

„Falsche Zeit, falscher Ort, Mike. Soll ich dir einen Termin bei mir geben?“

„Morgen früh?“

„Okay. Zweite Frage.“

„Ist deine Haarfarbe echt? Du warst doch nie rothaarig!“

Sie grinste. „Schön, dass die Färbung nicht so auffällt – dir zumindest. Männer! Nein, nicht echt. Ist aber dem Geschäft zuträglich.“

Klassentreffen

Die meisten kennen sich noch, und wenn nicht, eruieren sie, wer das Ass in Latein oder Mathe war. Grüppchen bilden sich, die schon auf dem Pausenhof immer zusammengefunden haben. Die Getränkevorräte schwinden beängstigend – doch die Gefahr einer alkoholischen Ebbe hält sich in Grenzen: Der Saal, in dem das Klassentreffen stattfindet, gehört zu einem der besten Landgasthöfe in der Umgebung von Rosenheim.

Nachdem das Buffet schnell befreit ist von Meeresgetier und anderer animalischer Kost, kommen ein paar der alten Schulspezis auf einen wunden Punkt des Treffens zu sprechen, auf die Vakanten …

„… der Warthens ist auch nicht da.“

„Eh klar, der hat's ja nicht g'schafft. Hehe.“

„Deswegen ist er ja auch nicht auf unserm Foto, der Feigling.“

„Du, Heino – und wie heißt du gleich wieder – ah ja, der Piet bist du – wieso seid's ihr eigentlich auch nicht drauf?“

„… und die Kleine, die Dings da, die Tochter von dem Reinigungsmittel-Fuzzi. Aber …“ der Mann mit der Nickelbrille schaut sich suchend um, „… die hab ich heute auch nicht gesehen.“

„Ach die.“

„He, seid's ihr der Schwan, Piet, und du, Heino, nicht raus mit ihr ins Gebüsch damals auf d' Nacht? War wohl so was wie ein flotter Vierer, ha?“

„Nää“, gluckst ein anderer und lacht anzüglich, „Gäng Bäng nennt man so was.“

Piet lacht wie mit einem Holzsplitter im Hals. Heino

zündet sich eine Zigarette an und legt das Feuerzeug neben den Stapel mit den Fotos. Alle haben inzwischen auf den Rückseiten unterschrieben – fast alle.

Heinos Feuerzeug hat zufällig einen Defekt und brennt einfach weiter.

Heino schaut, ob der Stapel auch wirklich in den darunterliegenden Papierkorb fällt und weiterqualmt, dann zu Piet: „Jetzt ist ein für alle Mal Schluss mit den blöden Gerüchten."

Bis jemand den Feuerlöscher findet, vergehen ein paar Minuten.

Die Fotos sind hinüber.

33. KAPITEL

Samstag, 20. Oktober, Wetter: egal

DER MORGEN ohne „danach" begann für Michael mit Kreuzweh. Schuld war Connys viel zu kurzes und schmales Sofa. Wein, Rum und scharfe Rippchensoße taten ihre Wirkung. Schwammig erinnerte er sich, wo er war. In seinem Bauch rumorte eine Revolution. Nicht gut, dachte er, gar nicht gut!

Eine halbe Stunde später kam er von der Toilette zurück in Connys Wohnzimmer. Conny war nun auch aufgestanden und wünschte ihm einen guten Morgen.

„Zu spät!", keuchte er. „Aber was nicht ist, kann ja noch werden – trotzdem guten Morgen!"

Conny trug einen orangefarbenen Morgenmantel. Ob sie ausschließlich rote und orange Sachen trug, hätte Michael schon interessiert, nur nicht heute Morgen. Sie hatte bereits Kaffee gemacht, der aus der Küche duftete.

„Du trinkst Kaffee?", fragte er skeptisch.

„Du nicht?"

„Doch. Heute schwarz und in ganz kleinen Schlucken."

Kurz darauf war Michael wieder in seine nach Wirtsstube riechenden Sachen geschlüpft. Der Kaffee tat seine Wirkung. Conny stellte ein paar Waffeln dazu.

„Sind aber vom Vortag – Butter und Marmelade?“

„Bloß nicht.“ Er erinnerte sich daran, was er sie am Abend zuvor gefragt hatte: „Und? Hab ich jetzt einen Termin bei dir?“

Ihr Blick gefiel Michael überhaupt nicht.

„Na gut.“

„Also, passen Widder und Zwillinge zusammen?“

Sie schüttelte den Kopf, nicht vehement, aber doch bestimmt.

„Mag sein. In manchen Konstellationen kommen sie super miteinander aus. Es kommt auf die Aszendenten an, auch die Geburtszeitpunkte der zwei Menschen – in unserem Fall, Mike, könnte es ziemliche Probleme geben. Ich möchte keine Probleme!“

„Ist es wegen dem Dingsda, dem Aszendenten?“

Sie schaute ernst drein.

„Nein. Wegen mir, und wegen dir. Ich glaube einfach nicht, dass es klappen könnte. Du warst damals – du weißt schon was. *Wir* beide waren jung und unverbraucht. Nicht, dass wir jetzt völlig verbraucht wären...“, sie rang sich ein Lächeln ab, „... aber wir haben so unterschiedliche Lebenswege hinter uns, und wahrscheinlich auch verschiedene Pläne vor uns...“

„... dass es besser wär’, wir täten richtig gute Freunde werden, gell?“, vollendete er ihren zögerlich ausgesprochenen Satz.

Sie wirkte erleichtert.

„Ganz genau.“

„Vielleicht könntest mir ja in Zukunft helfen bei dem einen oder anderen Auftrag, den ich hoffentlich krieg?“

Er sagte das nicht ohne den Hintergedanken, weiterhin Gründe für ihr Zusammensein zu finden.

Nicht nur ihre Augen lachten.

„Okay. Als esoterische Ermittlerin, gewissermaßen." Schnell wurde sie wieder ernst.

„In diesem Sinne: du hast noch was zu erledigen, Mike!"

Er wusste, worauf sie hinauswollte. „*Wir*, Conny, wir haben noch was zu tun. Kommst d' mit?"

„Okay."

Mit seinem Anruf beim Hauptkommissar, er müsse ihn sprechen in Bezug auf eine „gewisse Claudia Ortosi", traf er voll ins Schwarze. Er solle *sofort* ins Präsidium kommen – nein, er *müsse*!

Michael stellte Frau Linden dem Hauptkommissar vor. Kurz darauf blickten er und Conny in den Verhörraum des Präsidiums – durch ein großes Fenster, durch das man von der anderen Seite nichts als sein eigenes Spiegelbild erkennen konnte. Michael hätte nicht gedacht, so was gäbe es wirklich. Jetzt aber kam es ihm völlig normal vor. Claudia saß dort drinnen an einem kargen Tisch. Der Stuhl ihr gegenüber war leer und ein wenig schräg nach hinten verschoben. Michael vermutete, Obermeier war vorhin noch dort gesessen und hatte Claudia befragt. Er selbst fragte sich, warum sie bereits hier war.

„Wegen *ihr* also musste ich gleich kommen", sagte er zu Obermeier und zeigte auf Claudia im Verhörraum.

„Ich wollte Ihnen eigentlich verraten, was ich inzwischen ..."

Obermeier ließ ihn nicht ausreden.

„Sie hätten uns schon längst informieren müssen, Herr Warthens!", tadelte er Michael.

„Warum denken Sie wohl, dass sie hier ist?"

„Wie sind Sie auf sie gekommen?", wich Michael aus.

Obermeier machte es spannend.

„Raten Sie mal, Sie Meisterdetektiv!"

Achselzuckend beobachtete er Claudia, die allein und ohne ihre Jana fast so alt und gebeugt wirkte wie seine Tante. Noch dazu trug sie ein weites, schwarzes Kleid, das irgendwie an eine arabische Frau erinnerte.

„Sie hat sich als Araberin verkleidet, damals in Griesstätt", stellte er vor Obermeier fest, was er schon lange vermutet hatte, „und ihre Freundin, Jana heißt die, genauso – aber auf die sind Sie doch nicht wegen ihrer Verkleidung gekommen?"

Obermeier zwang sich zu einem Lächeln, das aussah, als hätte er eine Zitrone im Mund.

„Allmächt, nein, g'wiss nicht! Aber der Adam Groczny hat sie verpfiffen. Wissen Sie, wenn jemand einem Kollegen von uns antut, was er Piet Maurer angetan hat, dann hat er nicht grad mit sanften Verhörmethoden zu rechnen – aber das hab' ich jetzt nicht gesagt, gell – jedenfalls hat er bei unserer recht intensiven Befragung zugegeben, im Auftrag gehandelt zu haben. Unter... " er räusperte sich,„... ganz leichtem Druck hat er uns seine Chefin verraten: die sitzt da gerade, wo Sie hinschauen. Und als Sie vorhin am Telefon den Namen erwähnt haben..."

„Hat sie gar keinen Anwalt gekriegt?", fragte Michael.

Obermeier zeigte sich verständnislos:

„Ich weiß auch nicht. Hat einfach abgelehnt. Sie hat keinen wollen."

Conny hatte sich bis jetzt zurückgehalten. Nun wandte sie an Michael gerichtet ein:

„Aber du hast doch gesagt, Mike, sie sei so schwer zu finden gewesen."

Obermeier legte ein triumphierendes Grinsen hin, dass seine Besenreiser wie Kanäle auf den Wangen hervortraten.

„Sie hat sich das schon raffiniert gedacht gehabt, bei ihren Morden im Hintergrund zu bleiben. Sie hat ihr Anwesen in Chieming an eine gewisse Jana Groczny vermietet und sich selbst als Untermieterin einquartiert. Nun, wie der Name schon sagt, ist diese Jana die Frau von Adam. Frau Müller vom Gymnasium übrigens, die von ihm im Klosterkeller als Geisel genommen wurde, hat ausgesagt, er hätte sich sehr forsch an sie rangemacht – was zwar *ihr* gefallen hat, seiner Frau wahrscheinlich weniger. Der Adam ist wohl so einer, der keine auslässt, die nicht schnell genug aufn Appelbaum kraxelt. Beide Grocznys zusammen hatten vor, Frau Ortosi zu beerben, nachdem sie alles getan hatten, was sie von ihnen verlangte."

„Auch, den Arno umzubringen?", staunte Michael.

Obermeier schüttelte den Kopf. „Nä – das war sie laut ihrem vorläufigen Geständnis tatsächlich selbst. Das hat sie sich wohl nicht nehmen lassen."

Conny schaute fasziniert auf die gleichaltrige Frau im Verhörraum, die sich kaum bewegte und sich auf ihren Stock stützte, nicht aus den Augen gelassen von einem an der Tür stehenden, uniformierten Beamten.

„Sie war so unscheinbar, damals. Sie hat so lange gewartet, bis sie einfach morden musste?" Die Frage stellte sie mehr an sich selbst, als an den KHK.

„*Einfach* nicht." Obermeier sah nachdenklich aus.

„Herrn Ellers umzubringen, noch dazu so erbarmungslos und recht riskant im Krankenhaus, da gehörte schon was dazu. Aber ihr Motiv nach der Vergewaltigung, und dass Piet Maurer und der Stadtrat Zieringer damals dabei nicht nur zugesehen haben, das war wohl mindestens genauso brutal – rechtfertigt natürlich nicht, was jetzt nach so langer Zeit dabei rausgekommen ist."

Michael glaubte nicht, dass er mit seiner Bitte an Obermeier durchkommen würde. Trotzdem versuchte er es: „Sagen S', dürfte ich einmal mit der Claudia reden? Ah – wird das aufgezeichnet, was man da drin sagt? Schon, gell?"

Obermeier überlegte kurz.

„Ja, wird's. Wenn es zur Aufklärung der Sache beiträgt. Aber Sie, verehrte Frau Linden, bleiben hier."

Im Verhörraum war die Luft genauso trocken wie vor einigen Tagen, als Michael hier noch als Verdächtiger im Fall Zieringer, und mit Piet, gesessen hatte. Nun nahm er auf demselben Stuhl Platz. Claudia stierte ihn mehr als nur verblüfft an. Konsterniert.

„Du?", stieß sie mit überraschend hoher Stimme aus. „Bist du jetzt zur Polizei übergelaufen, Mike?"

Was sollte er darauf antworten?

„Grüß dich, zuerst mal. So schnell sieht man sich wieder." Er wusste, wie wenig dieser Plauderton in ihrer Situation angebracht war.

Claudia wurde prompt patzig: „Du weißt, warum ich hier bin. Die haben dir sicher alles über mich erzählt. Also, was willst ausgerechnet *du* von mir?"

„Mein Honorar, vielleicht?" Michael zog seine Brauen auf und lehnte sich zurück.

„Das glaubst du doch selbst nicht!", sagte Claudia wieder in ihrem gewohnt leisen, fast flüsternden Tonfall. „Oder denkst du, du hättest meinen Auftrag zu meiner vollsten Zufriedenheit erledigt?"

„Nein, da bist du mir zuvorgekommen – und ehrlich

gesagt, weiß ich nicht, ob mir des recht gewesen wäre, wenn ich dir den Arno aufs Tablett geliefert hätte. Ich wäre dann ja mit schuld gewesen, dass du ihm…"

„Schuld." Claudia spuckte das Wort aus wie ein Stück Gammelfleisch. „Rede du nicht von Schuld. Ich empfinde nicht mal jetzt Gerechtigkeit."

„Und Piet? Und Heino?"

„Was soll das jetzt? Bei Heino hat Piet mir die Arbeit abgenommen, und Piet hat sein Schicksal ebenfalls verdient, glaub' mir."

Michael versuchte, sich zu konzentrieren. Seine Fragen wurden mitgeschnitten, und Claudias Antworten ebenso. Er konnte der Polizei und dem Staatsanwalt helfen, was seiner eigenen Karriere sicher nicht schadete. „Claudia, ich versteh' da einiges nicht. Klar, der Arno hat dir Schlimmes angetan, und er ist nicht einmal zu seinem Sohn gestanden. Aber du bringst doch nicht drei Leute um."

„Zwei", berichtigte ihn Claudia mit eiskalter Ruhe.

„Zwei Menschen, nur um nach so langer Zeit Rache zu nehmen?"

„Nach viel zu langen Jahren", hauchte Claudia ehrfürchtig, als könne sie selbst nicht glauben, wie sie die ganzen Jahre über ihr Schicksal ausgehalten hatte. Plötzlich sah sie ihn mit wütenden Augen an.

„Zuerst habe ich mir die Schuld gegeben, dass die mich damals überfallen haben. Stimmt ja, ich wollte Arno haben, und wenn meine Familie mich nicht so dämlich behandelt hätte, wäre ich nie in Latzhosen rumgelaufen, sondern hätte ihn verführt nach allen Regeln der Kunst. So aber hat er sich einen Dreck geschert um mich, und als ich dann beim Ball endlich mal so aussehen durfte, wie ich wollte, hat er sich für meine Briefe und mein – heute würde man sagen *Mobbing* – an den Schlampen, die ihn angehimmelt haben, gerächt. Ja, ich hab die blöden Weiber, die bei ihm landen konnten, schlecht gemacht, hab sie anonym angeschwärzt. Ich schrieb ihm, die eine wäre gesehen worden, wie sie sich in der Apotheke was gegen ihren Tripper geholt hätte, hab der anderen heimlich was in ihre Trinkflasche getan, damit sie kotzt und nicht mehr vom Klo runterkommt, krank daheim- und von Arno fernbleibt.

Beim Ball wollte er mich nur zur Rede stellen, und ich war so blöd, mich zu freuen, dass er mit mir rausging. Aber er hat gleich angefangen zu brüllen, was mir einfällt, ihn dauernd zu belästigen und seiner Freundin fiese Briefe in *seinem* Namen zu schreiben. Er wusste wohl, wo die herkamen. Er hat mich geschubst, wir sind hingefallen – und dann sah ich die beiden Typen mit den Masken hinter ihm. Sie feuerten ihn an – *gib's ihr, mach sie fertig, die ist sicher noch Jungfrau, die will's nicht anders!* Wir haben uns raufend hin und hergewälzt, und dann ging eine Veränderung in Arno vor, die so erschreckend war, aber auch irgendwie erregend für mich. Er war so – so wie im Fieber. Aber ich habe das nicht gewollt, nicht auf diese Weise! Verstehst du! Er war schnell, na ja: fertig. Sie haben gelacht wie die Teufel, alle drei. Den Rest kennst du ja."

„Nicht ganz, Claudia, glaub' ich."

Sie schnaufte durch wie nach einer großen Anstrengung.

„Was willst du noch?"

Er wiederholte seine Frage: „Warum hast du so lang gewartet?"

„Ich sagte doch schon, damals verzieh ich Arno. Ich verstand das so: Er musste unter dem Druck seiner Kumpel was ganz Tolles tun, um es der *blöden Zicke* zu zeigen.

Nachdem Jonas geboren war, verheimlichte ich eisern, wie es dazu kam, obwohl ich Arno schon damals hätte damit erpressen können. Ich bildete mir einfach ein, er sei irgendwo, wo er ganz fest an mich denkt, und dann kommt er schon zu mir, um zu reden wegen der Sache. Dann wäre alles gut."

„Aber es kam anders."

Michael war versucht, die Nähe ihrer Hände zu finden, die sie ab und zu mit den Flächen nach unten über den Tisch strich, als wollte sie Brösel entfernen. Aber diese Hände hatten bestialisch gemordet. Er krallte seine Finger ineinander, bis er die Nägel im Fleisch spürte.

„Du hast viel später Arnos Kontakt von dir aus gesucht, hast du mir erzählt."

„Ja. Wie das ausging, weißt du." Sie führte ihren Zeigefinger an der Gesichtsnarbe entlang. „Aber dann ist er abgetaucht. Von Heino hatte Piet erfahren, er sei während der Finanzkrise finanziell ganz böse abgeschmiert. Schulden hatte er wie ein erfolgloser Zocker. Und der zweite Grund, warum er sich versteckt hielt, war meine Wenigkeit. Zunächst, weil er glaubte, er könnte wegen meines Sturzes und vermeintlichen Todes belangt werden. Später, weil ich die drei Schweine erpresst habe. Ich wollte Geld von ihnen."

Michael konnte nicht glauben, was er da gehört hatte. „Ach geh! Und? Haben s' gezahlt?"

Stumm und wie in Zeitlupe wiegte sie verneinend ihren Kopf hin und her.

„Dann", führte Michael seinen Gedanken fort, „kommt mir die Reihenfolge der Morde ein bisserl komisch vor: zuerst der Arno?"

„Weil er kein Geld hatte, nicht zahlen konnte und wollte, und er wegen seiner Charakterlosigkeit *sowieso* sterben musste!"

„Aber die anderen zwei?"

„Der Heino war ja als Kaufhauserbe der einzige, der 100.000 Euro flüssig hätte machen können. Er hätte vielleicht gezahlt. Denn ich weiß, sein Streit mit Piet ging genau darum, aber Heino ist ja blöderweise *vorher* umgekommen."

„Und Piet?"

„Piet weigerte sich, weil er gemeint hat, ich würde dann immer noch mehr wollen. Außerdem hätte eine Bezahlung meiner Forderung wie ein Schuldeingeständnis ausgesehen. Aber die haben das Foto vergessen, die Trottel."

„Die Fotos", bestätigte Michael. „Warst du dir deswegen so sicher, dass dir deine Anschuldigung den dreien gegenüber geglaubt wird? Ich meine, dein Sohn, der Jonas, der könnt' ja genauso das Ergebnis von einem einvernehmlichen Geschlechtsverkehr."

„Ach was!", zischte Claudia ihn an. „Die Indizien, unter anderen das Foto, hätten locker ausgereicht, dass ein Anwalt meine Aussagen geglaubt hätte. So oder so: selbst wenn Zweifel an meiner Anschuldigung bestanden hätten, an die Öffentlichkeit wäre die Sache sowieso gelangt, und da bleibt immer etwas hängen." Ein gehässiges Lächeln huschte wie ein böser Schatten über ihr Gesicht.

Jetzt wurde Michael endgültig klar, warum Heino versucht hatte, möglichst viele der Klassenfotos verschwinden zu lassen. Es hätte als schwaches, aber immerhin als ein *Indiz* für den Wahrheitsgehalt von Claudias Behauptungen herhalten können, vielleicht sogar als Beweismittel. Erpressung! Nicht allein um die drei zu diskreditieren, Claudia wollte ihnen finanziell wehtun?

„Mensch, Claudia, Erpressung für Geld hast du doch nicht nötig!"

„Ich tat es für Jonas. Und was heißt, *nicht nötig*! Mein Erbe geht zur Neige. Ich habe fast nichts mehr, um Jonas das Privatheim zu finanzieren."

Mit einem Stich in der Magengegend begriff Michael, sie hätte ihm niemals einen Scheck mit der extrem hohen Summe ausstellen können. „Aber die Jana und der Adam Groczny waren doch scharf auf dein Vermögen."

„Versprechungen, Mike, leere Versprechungen. Ich brauchte die beiden und habe sie in dem Glauben gelassen, ich wäre noch immer stinkreich. Ich vermietete ihnen meine letzte Immobilie, aber auf dem Anwesen in Chieming liegen schon etliche Hypotheken. Ich konnte ihnen weismachen, wenn sie tun, was ich vorschlage, würden sie mein Vermögen erben. Sie haben nicht lange überlegt. Jana kam sogar auf die Idee mit den Burkas, oder wie man die Verschleierungen nennt – in Griesstätt kam ich mir vor wie eine Klosterschwester – aber es hat geklappt." Sie freute sich diebisch, als sei das Ganze ein Faschingsscherz gewesen, und als wäre sie stolz auf ihren Killer: „Adam hat Piet mit einem Schuss erledigt."

Michael konzentrierte sich darauf, keine Vermutungen anzustellen oder ihr Vorhaltungen zu machen. Er konfrontierte sie mit seinen Informationen von Gerald: „Professor Millerin von der Klinik hat gesagt, bei Arno wäre kürzlich AIDS ausgebrochen. Er war schon mindestens zwei Jahre HIV-positiv. Warum genau, weiß man nicht. Beispielsmäßig hat er sich aus Versehen an der Injektionsnadel eines Drogensüchtigen infiziert, wie er sich in Obdachlosenheimen herumtrieben hat." Das war nun doch eine Art Hypothese, denn ob Arno zuletzt drogenabhängig war, hatte Gerald nicht erwähnt. Nur eins stand fest: „Er hat sowieso nicht mehr lang zu leben gehabt."

Claudia presste ihre Lippen aufeinander und saugte die trockene Luft ein wie eine Ertrinkende.

„Obdachlosenheim", wiederholte sie zweifelnd. Hatte sie Tränen in ihren Augen? Sie gab sich einen Ruck. „Trotz allem: Piet und Heino haben ihm geholfen. Sie haben ihn dabei unterstützt, sich zu verstecken, nachdem ich gedroht hatte, alle drei auffliegen zu lassen. Schließlich hatten die einiges zu verlieren."

Michael ahnte, worauf sie hinauswollte. Biedere Männer in ehrenwerten Stellungen waren zu allem fähig, wenn es um die Verteidigung ihres Status' ging. Piet konnte wohl noch mit ein, zwei Beförderungen vor seiner Pensionierung rechnen, und Heino hätte sogar Bürgermeister von Rosenheim werden können. Claudias Geschichte wäre ihnen da höchst hinderlich dazwischengeraten. Wie Claudia sagte: Das erklärte den Streit zwischen den beiden, der für Heino so tragisch geendet hatte.

Arnos Ermordung war das Signal für Heino und Piet gewesen, dass Claudia ernst machte. Der eine wollte wahrscheinlich zahlen, der andere nicht – vermutlich Piet, der als Polizist kein großes Vermögen besessen haben durfte, und deshalb, als Letzter der Beteiligten, Opfer von Adam-Bezahlkiller geworden war.

Nach Heinos Tod hatte Claudia kaum noch Hoffnungen auf eine Summe, die es ihrem Sohn ermöglichte, in seiner gewohnten Pflegeeinrichtung zu bleiben.

Michael hatte noch eine letzte Frage: „Eins möchte ich aber schon noch wissen. Wieso hast du *mich* beauftragt, den Arno zu finden, wenn du schon gewusst hast, wo er ist?"

Claudia lächelte verzeihend ob der dummen Frage.

„Mike, von Piet habe ich nur erfahren, er sei irgendwo in einem Altenheim. Dass er Dank Piets Hilfe unter anderem Namen lebte, wusste ich nicht. Nur, *dass* er lebt. Er und Heino mussten natürlich verhindern, dass ich nicht erneut mit Arno in Kontakt komme. Wer weiß, haben die sicher gedacht, was dabei – im wahrsten Sinne des Wortes *rauskommt*. Außerdem ging mir Arno schon jahrelang aus dem Weg, wie du inzwischen weißt. Na ja, unter anderem habe ich gehofft, als Privatdetektiv könntest du sicher was herausfinden über ihn – bis, ja, bis ich Piet das Messer – entschuldige den Vergleich – auf die Brust gesetzt und ihm gedroht habe, er solle mir endlich sagen, wo Arno sei, sonst solle er in der nächsten Zeit mal ganz genau in die Zeitung schauen.

Dich, Mike, hatte ich schon gar nicht mehr auf der Rechnung, egal, ob du was herausfindest über den *Schwan*.“

Eine Rechnung, dachte Mike, die ich nun nicht mehr stellen kann.

Wieder draußen bei Conny und dem Hauptkommissar konnte er kaum noch reden. Selbst das Schlucken fiel ihm schwer. Ob wegen der Trockenheit oder so viel Kaltschnäuzigkeit, die er eben erlebt hatte, wusste er nicht genau.

Conny holte ihm einen Becher Wasser aus einem Spender am Ende des Flurs, in dem Obermeiers Büro lag.

„Während du da drin warst, haben wir draußen mitgehört. Da ist mir eingefallen, ich habe auch mal so einen Schmähbrief unter meiner Bank gefunden“, raunte sie Michael zu, „er war mit Buchstaben aus Zeitschriften zusammengekleistert. Ich sei ein räudiges Flittchen, stand da drin, und ich solle besser sterben, als Arno noch einmal so lüstern auf den Arsch zu glotzen, oder so ähnlich. Ob der von ihr war?"

Gierig saugte Michael den Becher leer.

„Und sag schon? Hast du?"

„Was?"

„Ihm auf'n Arsch geschaut?"

Conny stieß ihn in die Seite.

„Und wenn schon. Wir haben uns alle gegenseitig gemustert, damals."

„Gemustert", wiederholte Michael amüsiert, „wenn, dann höchstens heimlich."

„Heute guckt man offen, gell?"

„Und gemobbt wird mit'm Handy und bei den sozialen Netzwerken im Internet, dass es grad so rauscht. Das ist genauso wenig lustig, wie das, was die Claudia mit ihren Brieferln gemacht hat – und oft brutaler. Man darf gespannt sein, was die weiteren Generationen für Mittel zum Mobben in die Hände kriegen."

„Mir wäre nie in den Sinn gekommen", sagte Conny nachdenklich, „dass das Mädchen, das ich einst kannte, wirklich schlecht ist. Unseligen Hass, Neid, Eifersucht und Rache, die Dinge finden in unserer Welt auch nicht nur ganz weit weg statt. Aber Mord! Der Gedanke, dass die Dinge, die ich damals nur am Rande registriert und mitbekommen hatte, jetzt solche Folgen haben, ist schon erschreckend. Wenn ich und meine Freundinnen damals gemerkt hätten, wie quälend elend es um sie stand, wenn eine von uns sich ein wenig um sie gekümmert hätte, vielleicht wäre es nie zu den Verbrechen gekommen."

Der Hauptkommissar hatte mitgehört. „Mord ist Mord.", stellte er klar. „Und Anstiftung dazu ist widerlich."

34. KAPITEL

Am Nachmittag überwies Michael die ausstehenden zwanzig Euro wegen einer gewissen Ordnungswidrigkeit im Rahmen der Straßenverkehrsordnung.

Von Tante Berti lieh er sich noch einmal, kurzfristig für einen guten Zweck, zwanzig Euro für Blumen. Patricia freute sich riesig über den kleinen Strauß und stellte ihn in eine Vase an ihrem Krankenbett. Übers Wochenende sollte sie noch zur Beobachtung im Klinikum bleiben. Irgendwelche Pillchen sorgten bei ihr dafür, dass sie „schön fröhlich" blieb nach dem Schock als Geisel.

Das Bedürfnis, Klopfer Bescheid zu geben, kündigte sich bei Michael stark an.

Markus' Urlaub sei vorüber, entschuldigte ihn dessen Frau. „Er ist seit gestern unterwegs in die Arktis, um mit seinem Team die Auswirkungen des Klimawandels zu untersuchen. Die Meeresflora und -fauna verändert sich gerade dramatisch, sagt er."

Michael ließ Frau Haas Grüße von ihm ausrichten. Ein wenig war er neidisch auf Klopfer, den alten „Haasen". Nicht nur wegen dessen wichtiger Aufgabe als Meeresbiologe. Er besaß eine Familie, die sich auch so nennen durfte.

Michael „besaß" eine Tante, ein paar Freunde und die Option, mit Conny in weiteren Fällen zusammenarbeiten zu dürfen. Ob sie Schmalznudeln mochte?

35. KAPITEL

Nachtrag. Sonntag. Früh. Sehr früh.

„JETZT SAG SCHON, wohin fahren wir?" Conny hatte sich auf Michaels Bitte hin darauf eingelassen, sich eine bequeme Hose und was Warmes anzuziehen.

„Genau!", schnaubte Michael. „Ich kann's auch kaum erwarten!" Er musste aufpassen, den Sonntagsfahrer vor ihm, der offensichtlich von einer Schnecke inspiriert wurde, nicht anzuschieben. Um sieben Uhr am Sonntag herrschte wenigstens kein Berufsverkehr, und Michael zog nach der nächsten Kurve an ihm vorbei.

Conny versuchte es erneut.

„Geht's zum Baden? Nach Prien?"

Wenn Michaels Hobby, nach dem sie dauernd fragte, wirklich „Baden" gewesen wäre, hätte ihm die Rosenheimer Hallenwanne auch gereicht. Geheimnisvoll grinsend schüttelte er den Kopf. Sie unterquerten den Tunnel unter der A8, kurz nach dem Gut Apfelkam. Als Michael gleich darauf nach rechts in Richtung Grainbach hinauf abbog, schwante Conny Schreckliches: Bergsteigen! Sie schwieg eine Weile, vor allem, weil die Straße über den Samerberg recht kurvig und Michaels Smart ziemlich wendig war. Sie hatte kaum was gefrühstückt.

An der Talstation der Hochriesseilbahn hielt Michael an. „So, da sind wir..."

Ein Alpinist! Conny sagte spitz: „Schön."

„... vorerst."

Heilfroh darüber, nicht zu Fuß latschen zu müssen, registrierte sie, dass Michael zwei Karten für die Bahn kaufte. Deshalb sollte sie nicht auch noch dicke, schwere Wanderstiefel anziehen, die ihre Beine über kurz oder lang zu gefühllosen, Blasen werfenden Klumpen werden ließen. Ein Trost.

Lag weiter unten noch Dunst über den Hügeln, schien oben die Sonne. Die Aussicht war schon toll, fand Conny. Und: eigenartiges Hobby – Bergbahn fahren.

Eine Stunde später hing sie juchzend unter seinem Bauch, und der Zustand ihres eigenen ließ sich kaum beschreiben. Von hier oben, im Tandem unter Michaels Flugdrachen, erweiterte sich ihre Hellsichtigkeit erheblich um den Faktor Weitsicht. Das Rosenheimer Land lag, live und wie gemalt, unter ihnen – wie sie fand, die schönste Gegend der Welt.

Über den Autor

Peter Brand, 1958 geboren, wuchs in Rosenheim auf und ist Angestellter der Stadtwerke Rosenheim GmbH&CoKG.

Zahlreiche Kurzgeschichten Peter Brands wurden in Anthologien und Literaturzeitschriften veröffentlicht. 2008 errang er den Literaturpreis der Stadt Taucha/Leipzig. International konnte er mit Texten in den Anthologien Spuren/Traços, sowie Zugvögel in Portugal überzeugen. „Der *Schwan* ist tot" ist sein erster Roman aus seiner Heimatstadt.

Er isst selbst gerne Schmalznudeln. Deshalb verrät er auch Bertis Rezept zum Nachbacken:

Bertis Schmalznudelrezept:

Das Gebäck heißt auch Kirtanudeln (Kirta=Kirchweih), weil es in Bayern besonders zum allgemeinen Kirchweihfest am dritten Sonntag im Oktober gebacken wird – oder auch im Fasching am Samstag vor Aschermittwoch, denn in der Fastenzeit waren früher Lebensmittel wie Eier und Milchprodukte verboten und mussten bis dahin aufgebraucht werden. Daher heißt dieser Samstag im Fasching auch „Schmalziger Samstag".

Wer's nicht kennt, und wer's selber backen will, hier das Rezept von Tante Bertis Schmalznudeln, Kirtanudeln, oder auch „Auszogne" (zum Ausziagn = Ausziehen später) :

Brauchen tut's:

500g Mehl

1/4 l Milch

2 Esslöffel Zucker

80g Puderzucker

80g Butter

Hefe (trocken oder frischer halber Würfel)

3 Eier

A bisserl Salz (Prise)

Viel Fett zum Ausbacken, am besten Butterschmalz (daher auch Schmalz-Nudeln :-))

Hefeteig machen:

- Vorteig : `s Mehl in der Schüssel an den Rand schieben bis eine Gruam (Mulde, Kuhle) entsteht und 1/8 l warme Milch, Hefe und Zucker in die Mitte geben.

- Einen Teil des Mehls vom Rand her nach und nach einrühren, bis eine sämiger Baatz (Brei) entsteht.

- Halbe Stunde zugedeckt gehen lassen (der haut nicht ab, der bleibt schon da, der muss nur auf-gehen).

- Restliche Zutaten wie Eier, Zucker, Restmilch (1/8 l) dazu geben und alles zu einem glatten Teig verrühren, ggf. eine Handvoll Weinberl (Rosinen) im Teig verteilen – wer's mag...

- Nochmal gut gehen lassen.
Ausziagn (Ausziehen):

- (den Teig, nicht den Koch oder die Köchin!) Nudelbrett mehlen, damit der Teig nicht anpappt. Den Teig ca. 2 cm dick mit einem ebenfalls bemehlten Nudelholz ausrollen. Rundlinge ausstechen – mit einem Glas (Weißbier oder Halbekrüger, für ganz große: Maßkrug) – und die Teigscheiben von der Mitte her mit den Fingern auseinanderziehen, bis ein dicker

- Rand entsteht und die Mitte recht

dünn ist.

(Es geht die Sage, dass manche Frauen sich den Teig aufs abgewinkelte Knie legen, also über die Kniescheibe ausziehen, um ein besonders schönes, dünnes Häutchen in der Mitte hinzukriegen. Ob das ins Reich der Fabel gehört, genau wie Semmelknödel unter der Achsel gedreht besonders rund werden, ist kulturhistorisch unklar :-))

– Haben die Scheiben nun die entsprechende Form, (wie auch immer): ins heiße Fett im großen Topf gleiten lassen, (schwimmen lassen), und die herausschauende Hälfte mit einem Löffel o. ä. gleich mit etwas Fett übergießen. Wenden, bis beide Seiten goldbraun sind, (die Mitte hellbraun und knusprig – mmh), mit Schaumlöffel herausnehmen, abtropfen lassen und mit gesiebtem Puderzucker verschönern.

– Am besten noch warm genießen... An Guaten!